GOODBYE LULLABY

再见，摇篮曲

秦闻遥
著

北京联合出版公司
Beijing United Publishing Co.,Ltd.

图书在版编目（CIP）数据

再见，摇篮曲 / 秦闻遥著 . — 北京：北京联合出版公司，2022.9

ISBN 978-7-5596-6042-8

Ⅰ . ①再…　Ⅱ . ①秦…　Ⅲ . ①短篇小说—小说集—中国—当代　Ⅳ . ①I247.7

中国版本图书馆 CIP 数据核字（2022）第 125761 号

再见，摇篮曲

作　　者：秦闻遥
出 品 人：赵红仕
产品经理：张梦璇
封面设计：蘑　菇
出版监制：辛海峰　陈　江
责任编辑：孙志文
内文制作：任尚洁

北京联合出版公司出版
（北京市西城区德外大街 83 号楼 9 层　100088）
北京联合天畅文化传播公司发行
万卷书坊印刷（天津）有限公司印刷　新华书店经销
字数 157 千字　880 毫米 × 1230 毫米　1/32　8 印张
2022 年 9 月第 1 版　2022 年 9 月第 1 次印刷
ISBN 978-7-5596-6042-8
定价：49.80 元

目录

CONTENTS

再见，摇篮曲

生命就是灯泡，

我们每个人都不过是亮起的某一瞬间，

只为了用毫无意义的亮度照亮空无一人的世界。

一

高塔冬夜自修室，火光映雪金辉煌。

独身一人坐琴边，三双眼睛背后瞧。

金色壁钟有什么？一条金蟒在缠绕。

火炉为何这么亮？火麻雀在展翅膀。

还有骑士面具后，一只兔子哪里藏？

阿修罗们共居首，听这安魂曲多嘹亮！

我在这里自修，在这间我从未来过的房间里。

我坐在钢琴边上。

窗外大雪在急速地飘，有一些飘到自修室的石窗上，很快就融化了。屋里有火炉，所以很暖和。火把墙映得红彤彤的。他曾经说，红色是邪恶的颜色，红色是危险的。可在这间自修室里，我不知道红色究竟是什么。无论如何，在这里，灵魂很温暖、很舒服。

我不能回头，我只能面对钢琴，还有谱架上的谱子。

窗外有一架巨大的风车，它的风叶也大得离谱。这种悬在空中的巨大物体让我有点恐惧。顶上传来钟声。

我这是在哪里，是在洪楼教堂里吗？我皱着眉，闭上眼睛。教堂的尖顶我从未上去过，顶多就是透过塔楼门的缝隙瞥见旋转的楼梯。为什么这么安静呢？

现在是午夜？

我是幽灵吗？

我在自己的梦境里，还是在现实中？

我是活着，还是已经死了？

但那些已经全然不重要了。令我恐惧、不安、痛苦、满是所谓心理疾病的心脏已经被拿出来了，现在就放在钢琴里，那东西不会再让我难受了。

我听到有人在窃窃私语，或者说是在哀号，不过声音很小，时不时被炉火的噼啪声覆盖。

不行，还是不够舒服，我必须把装满子弹的膝盖卸下来，不然它们老是抽搐。可是把腿卸下来后我就没法踩踏板了，踩不了踏板我就弹不好钢琴。真的很纠结。我明白我的一切都在这间自修室里——我的过去、现在和未来，不过主要是过去和现在。它们被锁在每一幅油画里、每一个抽屉里、每一寸木地板里、每一张黑胶唱片里，它们在破口大骂，责怪我，我知道。我也知道我没法完全装作听不见，那就太没有礼貌了。

现在坐在钢琴边的也不是我，我是说，不是真正的我、此时此刻的我。我只是一个容器，是某一个时代的我想象出来的，是一个理想化模型，就跟物理课上学的磁场和电场一样。

没什么很难理解的，对吧？

我的背后有一座西洋大落地钟，是用锡和金箔做的，十分精致。我记得它。它曾经一直待在山大附中的阅览室里。每个阴雨的日子，我和乔都会去那里的西洋小沙发上度过下午。那里冬暖夏凉，冬天开着暖气,很舒服，就像开了火炉，这座钟就被放在阅览室最里面。我和乔在学校里总是与众不同，融入不了大家，也总是被别人欺负、孤立，所以我们大部分时间都在阅览室里读书，和彼此玩耍。

乔和我互相帮着对方写作业，扮演着所看的书里的角色。我肚子疼，乔就让我枕在她腿上，给我热可可喝。我们在里面读那么多有关政治和历史的书，读了那么多暴君、独裁者的故事，学会了那么多策略和阴谋，但最后，我的乔呢？

你在中考中发挥失常，成绩出来后，你崩溃了，从此之后我再也没见过你。但我永远记得你站在教堂门口的样子。那是毕业前大家最后一次见面，暴雨要来了，哥特式建筑顶上的天空密布着积满雷电的乌云，黑暗笼罩着你美丽的脸蛋。

你拒绝了我的拥抱，很多同学吵吵嚷嚷地让我们离开，别挡他们的路。但你仿佛身在另外一个世界，你对我说：“这是一个很长的梦呢。”然后我开始流泪，再抬头，你消失了。

我们在那座钟里藏了好多诗歌和小说的手稿，还有给未来自己的信。

乔的不知所终意味着我的一个时代的死亡。所有的诗歌对我来说都黯然失色。因为乔和诗歌只属于山大附中，离开山大附中，那些幻想不过是一张被雨水湿透的草稿纸，乔也不过是一个陌生的、在雨里失声大哭的天才。

魔法是有结界的，如果这个摇篮没有如此绝情地把这些魔法收回去，我也不会像坠入人间的天使一样摔得血肉模糊，我也不会来到这间自修室。

身后传来了钟声和蛇吐芯子时发出的咝咝声。

是一条金蟒。如果不仔细观察，真无法发现它在钟表中。它冰凉而细长的躯体缠绕在落地钟的零件上，优雅的尾巴以缓慢的速度轻柔地缠上摆锤，发出和不锈钢相撞一样清脆的声响。它的头从表盘中伸出来，我能感觉到它吐芯子时的凉气吹在我的后脖颈上。我无法回头，但我就是能看见。

“你知道这是哪里吗？”它说。

“我不知道。”我说。

“很好。”

“怎么就很好了呢？”

“你是我们的一员。”

“‘我们’是谁？”

我这才看明白，噼啪作响的火炉用笼子罩着，火烧得正旺的木柴中间，有一只麻雀。它在里面毫不畏惧炽热地跳来跳去，小爪子细细的，抓着笼子边，有的时候翅膀和火融为一体，机灵的小脑袋时不时地转来转去。钢琴旁边摆放着一副盔甲，有一只雪白的兔子从沉重的头盔里探出头来，两眼猩红，又躲了回去。

“你明白了吧？你是我们中的一员。”它说。

“你们是畜生，我可不是。”我说。

“我们不是畜生。我们是阿修罗。”

“阿修罗不应该是半人半兽吗？你们是动物，而我是人。”

“眼见就一定为实吗？”金蟒叹了口气，说。

“好吧，那我怎么就成阿修罗了呢？”

“你的另一部分意外身亡，我是说另一部分，不是现在坐在这儿没用的这部分。”

“是哪一部分？”

“你的精神。”它说。

“它是怎么被杀的呢？”

“你的灵魂坍塌了，像瓷神像，有黑色的雾进去了。”

“雾怎么杀人？”

“雾有手，雾有嘴，雾还有匕首。”

“为什么不把雾驱走？”

“因为那一块坍塌了，那一块，是你的过去。”

“啊！这可如何是好？”

“它彻底坍塌了，风和雾就从那个地方呼呼地灌进去，我也看不清它上面的纹理。”

“那我该怎么办？”

“你要在这里等着，等你自己转世，等你的过去重演一遍，那时候你才能走。”

“只有我变成阿修罗了吗？”

“不是。有很多像你一样的人也变成了阿修罗，那是些逃离不了过去、因灵魂始终被束缚着而到达不了未来的人。”

“我把过去那部分复活之后，我能好吗？我是说我的病。”

“我无法告诉你。”

“我需要快乐，我命令你给我快乐。”

金蛇再次叹口气，然后说：“那看来你从来不明白什么是活着。”

“那我现在要干什么？”

“弹琴吧。”

金蛇摇着尾巴回表盘里了。

我开始看谱子，准备演奏。

第一首，是山大附中的校歌。

我们向往大海，只有大海能纳百川。

我们敬仰高山，登高望远才知地阔天宽。

……

同学少年，青春结伴，知识无涯，生命无限。

这首歌的曲调多少有点单一，不知道为什么，如果没有歌词，甚至让人有点害怕。所以我一边弹，一边唱了出来。

这时，一个女孩开门走了进来。

她剪着又短又蓬的学生头，幼稚的鹅蛋脸，鹰一样有力而坚毅的眼睛，浑身上下冒着单纯而莽撞的热气。那是我自己，山大附中里的我，教堂脚下学习的我，无所畏惧的我。她还穿着那身校服，让我觉得就像是刚放学不久，衣服上还沾着点土，要么是骑自行车时摔倒蹭上的，要么就是和同学玩闹时沾上的。她的形象基本和那个时代的我每天照镜子时看到的差不多。

我停止弹琴，然后转向她，我现在终于可以动了。

她在门口的沙发上坐了下来，转过身子，把手伸进火炉里，仿佛感觉不到火的温度。火麻雀跳到她手上，她把手从火炉里拿出来，火麻雀乖巧地站在她肩上。她突然站起来，大步流星走向落地钟，用手掐住金蟒的脖子，金蟒瞬间就被冰冻住了。

她又走回来，跷起二郎腿，从桌子上拿了一个奶嘴，用雪茄剪剪掉奶嘴的头，放进嘴里吸着，像抽雪茄一样。她眯起眼睛，用审视的眼光看着我。

“关于我，你还能记起多少？”她问。

我记得她很幼稚，爱得泛滥，留下了丰富的历史让我日后想起时尴尬不已。

她总是在夏日的午后一个人带着冰冻的汽水在院子里滑滑板。她孤独，她骄傲，虽然这种骄傲在讨厌她的人眼里是愚蠢。

其他的对于我来说都太遥远了。

我摇摇头说：“记不起什么了。”

她一副失望的表情，拍拍手，落地钟响了几声。她走过去，打开钟罩，里面出现了一台打字机。

“我想写诗了，你呢？”

她在那上面敲出几行字，然后把纸拿起来递给我。

我闭上眼睛，却也能看见，有个世界正等待我出现，那是属于我的地方。穿过茫茫黑暗，穿过那扇门，穿过荒无人烟的世界，却像家一样温暖。

我不能呼吸，抬起头来呆呆地看着她。那是《马戏之王》里的句子。

往事如潮水一般涌来。

她也看着我的眼睛，一言不发，想要离开。

“我要回家了。”

“你不能走！”回过神来时，我已经紧紧抓住她的手，但她的手瘪下去了，像橡胶玩具手，她很轻易地将手抽了回去。

“我要回去写作业了，我将来的梦想是当一名大导演。”她仰起头笑起来，自信得像个满是雄心壮志的船长。

“我有点烦，不想上学。”

你不能回去，该死的，你不能回去！

“人生来就不是用来打败的，你可以消灭我，但你打不败我。”她的眼睛仿佛深渊，那张自信的脸单单是看到就让我痛苦不已。她好像生气了，甩开我，在房间里烦闷地走来走去。

“我想写诗。”

我真的不希望她离开，甚至怀有侥幸心理，希望我能把她困在这间虚无的自修室里，决不允许她走出那扇门，回到山大附中里。然后过不了多久，她就要接受永远逃不掉的命运——属于每一个人的命运。

所以我跑过去，把打字机捧到她面前。

“我陪你一起。”

她不满地摇摇头：“我要纸和笔。”

一个恐怖的念头进入我的脑海，一切都已经晚了。她看到了那幅画上的纸和笔。

画里有一个空空的浴缸，旁边放着墨水、纸，还有羽毛笔。

她脸上掠过惊喜的表情，我开始悲哀地承认一切不过是命中注定。教堂的钟声再次沉重地响起，像是在宣布什么噩耗。

来自摇篮的我走进那幅画，蹲坐进那个浴缸里，伸开腿，迫不及待地拿起笔和纸，眉毛可爱地皱起来，做出一副思考诗句的陶醉表情。我猜她一定在想开头，曾经的我对开头可执着了。可还没等写下一个字，一把刀突然捅进了她的胸口，她先是一愣，紧接着忍受着巨大的痛苦低下头，难以置信地看着血肉模糊的胸口前的那把匕首。接着，她张开嘴，大口喘着气，表情那么惊恐无助，痛得只能呜咽。浴缸已经被鲜血染红，旁边挂着的白毛巾也变了色，校服已经血迹斑斑，妈妈再也没法把它洗干净了。我感到毛骨悚然。

这画面就像那幅名画——《马拉之死》。

再见，再见。

外面还在下雪。我坐回钢琴旁。

金蟒再度苏醒过来。

我翻过谱子，继续弹琴。

这次，我弹的是《蓝色多瑙河》。

听到这首曲子，我的内心不得不为之动容，我无法忽视这种感觉——这种熟悉而陌生、冰冷却异常温暖的感觉。

门又打开了，一张小床被推了进来。

床上粉白条的被子被堆在一角，小床上凌乱不堪，一个小小身体蜷成一团窝在另一角，不断颤抖着。

我瞬间感觉冰冷无比，口干舌燥，我的大脑几乎不能思考。

我走过去，坐在她的床边，仿佛一瞬间就回到了上小学住宿舍的时候，然后我听到了午夜燕子山布谷鸟的叫声和风吹过树林的声音。在月光之下，她慢慢从膝盖间抬起头来，头发被泪水打湿，沾在脸颊上。

哭泣有一种苦辣味，让闻到的人也想哭。她那蓄满泪水和恐惧的眼睛盯着我。爸爸妈妈以前会在周五接我回家，看来今天不是周五。

“爸爸妈妈呢？”她问。

“他们在家好好的呢，别担心，周五很快就到了。”

“但我好害怕。”

“害怕什么？”

“害怕一切。”

我摸摸她的头，她的恐惧深深感染了我。

“闭上小眼睛，快睡吧。”

她那双惊恐的眼睛仍然直勾勾地盯着我。她凑近我，小声说：“我的脑浆流出来了。”

“什么？”

她用手指掏掏耳朵，手指上沾着一点液体。她的小手剧烈颤抖着，说起话来都已经变了音。

“这……这难道不是脑浆吗？不然耳朵里还能流出来什么？”

我不知道该说什么，当时的我对此确信无疑，毕竟那时我是小朋友。

“怎么办？姐姐，我是不是快死了？”她哭了起来。

“不是的，宝贝，那不是脑浆，那是耳道正常分泌的液体。”我多希望能这么对她说，甚至自学系统的医学知识，然后讲给她听。但我深知这样帮不了她。

“我不想死前都见不了爸妈一面！”她哭得更惨了。我不知道怎么给曾经的我解释，也不知道怎么安慰她，孩子的不安全感让一切都夸张且合理化了。

儿童是宇宙里孤独的陨石，他们那么无助，没人能透过他们清澈的眼睛看到和他们看到的一样的世界。那毫无依据的恐惧、噩梦中出现的怪物，总在最脆弱的童年入侵，然后我随着麻木的成长而看起来清醒很多，但它们已不知不觉成为我的一部分。

我朝床底下看去，竟然看到了一团黑雾，就跟金蟒给我讲的一样。黑雾在床下的黑暗中很活泼地涌动着，我知道了，一切一定与黑雾有关。

我拿起火炉边的鼓风机，用力冲着床下吹，最终把黑雾冲散了。

年幼的我不再哭了。但是她累了，眼皮耷拉下来，软蔫蔫地靠在我身上。她迷迷糊糊地说了一句："长大就好了。"我悄悄给她盖好被子。

门又打开了，床被推了出去。这时，门口出现了一个小男孩，浑身脏兮兮的，穿着小学的校服，戴着顶圣诞帽。在门外强光的映射下，我看不清他的脸孔，但我知道，那一定是他。

我热泪盈眶，冲着他笑了一下。他在黑暗中，逆着光的脸颊仿佛动了一下，像是在冲我笑。接着他和年幼的我一起离开，门关上了。

下一首是《平安夜》。

我弹完，钢琴下面的一个小格子打开了。里面放着一个绑着红丝带的苹果，我把它拿了出来。苹果侧面刻着几个字："2018，吃了我。"我捧着苹果吃起来，那年圣诞的记忆随着苹果的甜味回到我的脑海。吃完之后，我把苹果核放进桌上的花盆里。

泥土动了动，一个尖尖的东西从土里面钻出来，遥远的金色亮光从湿黑的土深处闪耀着舒展开来。

缩小版的洪楼教堂在小花盆里拔地而起，包括其整个院落——钟楼、门卫室，还有圣诞树。本来宏伟的大圣诞树在花盆里倒像棵挂满水珠的小香菜。这简直就像小时候在玩具城里看到的塑料做的小模型，但比模型精致多了。缩小版教堂的灯真的会亮，教堂在玻璃罩里的黑夜中显得灯火辉煌。钟楼上所有的残缺和历史的痕迹都无比真实，教堂穹顶的装饰物和雕塑也都非常真实，就连塔楼旁边那一丛小草都被完全还原了。

紧接着，有小人儿从教堂里出来了。是拿着小书和仪式用品的小人儿，晚间弥撒要开始了。

这时，我看到烟雾缭绕的大教堂前院有三个小人儿，是三个我无比熟悉的人——我、乔和月。

我们三个看起来像刚从数学辅导课上逃出来，背着快掉下来的包。因为终于赶上在教堂过圣诞节，我们一边喘粗气，一边开心地笑着。我们纷纷从包里拿出早就准备好的东西：月拿出红丝带，我拿出一本狄更斯的《圣诞颂歌》，乔拿出三个平安果。

在热闹的人群里，我们看到了其他同学，他们也来过圣诞了，毕竟这是我们在教堂对面上学的学生的梦想。

有人和朋友一起在许愿板上写下愿望，然后拍照，无论许下的愿望后来实现与否，这都是伴随他们一生的记忆。有人在教堂前和心爱的人合照，有人走进教堂。

我们三个则手拉着手，拿着苹果，轮流给另外两人读《圣诞颂歌》。那个平安夜温暖而快乐，我们这三个爱捣蛋的女孩分享着吝啬鬼和圣诞的故事。2018年结束了，还有六个月我们就将要面临中考，面临分道扬镳，和最好的朋友再无来往。未来就在前方，未来的眼睛始终很锐利地注视着我们。但那三个小人儿毫无觉察。

我真嫉妒。

二

“我饿了，宝贝。”金蟒从落地钟里伸出脖子，呼着凉气对我说。

“你想怎么办？”

它抬起小头，脖子伸展得更长，看向那副盔甲。

“帮我把兔子抓过来吧。”它说。

我站起来，悄悄向盔甲走去，以免惊动里面的兔子。

好不容易潜过去，我猛地打开头盔盖，却发现里面空空荡荡。

兔子去哪里了？

我找了一圈，发现在那幅由我扮演的《马拉之死》画像里，我的尸体头顶多了一对白色的耳朵。

“找到你了！”我刚要把手伸进画里去抓，兔子就被我惊动了。然后它抬起头来，飞快地跳开了。

该死，我有点烦闷，然后走到桌子旁倒了一杯香槟，拿起银做的酒杯。这时，我发现了兔子在里面的倒影，于是我立刻把酒一饮而尽。可是兔子还是躲开了。

我打开窗户，一阵暴雪扑到我的怀里，然而落下的根本就不是雪花，而是一只只小兔子。我呆愣了片刻，就在这短暂的时间里，它们就从我的燕尾服上和头发上跳了下来。我想要抓住它们，哪怕抓住一只也好。可惜它们跑得太快了，从我的指缝间溜走，一股脑跑进了钢琴里。

我站起来，看着钢琴。

我这回学聪明了，蹑手蹑脚地走过柔软的地毯。一只花甲虫飞上天花板。

我猛地打开钢琴盖，只见那只小白兔蜷在钢琴的木槌上，有点慌张且不知所措，看来是无处可逃了。我看准木槌对应的琴键，按了下去。这时，一枝玫瑰从琴键里飞速生长出来，开了花。兔子被木槌弹了起来，在空中停留半秒，又落了下去，掉在另一个木槌上。

我跟着兔子的节奏来回敲击琴键，按下mi键，琴键上扬，枪口露出来，朝我开了几枪，鲜血流了出来，但我不疼；按下do键，血液从缝隙里涌出来；按下fa键，我的手指燃起熊熊烈火；弹奏和弦，一只海豚从钢琴里跳出来；顺下音阶，兔子的身体从骨架，到肌肉，再到皮毛，从粉色到白色，变换着颜色。

最后，我抓住了兔子。

我把它送到金蟒的嘴边。金蟒张开大嘴，甚至能张到一百八十度，露出里面鲜红的肉和两排尖牙。它从兔子的屁股开始往里吞，缓慢而不可阻挡，最后只剩兔子的头露在外面。

金蟒吃完了，吐了吐芯子，肚子鼓鼓的。

“谢谢你。现在你想照照镜子，看看自己是什么样了吗？”它说。

我点点头，走向桌子，拿起镜子。

我的头分明是一个嘴里含着兔子头的蛇头。

我竟然没觉得噎，我还以为蛇吃东西时很痛苦，事实证明那和我吞咽的感觉差不多。

我用尽全力把兔子头整个咽进去。毛茸茸的皮蹭着我的喉咙。兔头被咽下去之后，我的脖子上出现了一个凸起，最后才滑向我的肚子。

我打了个嗝，从舌头下面找到一把钥匙，然后把它取出来。

“这是干什么的？”

“摸摸你的头顶。”

我发觉头顶有一个盖子一样的东西，边缘有缝，和周围的皮肤分隔开来。再摸，确实能摸到一个钥匙孔一样的东西，我犹疑地把钥匙插进那个孔，还没等我仔细想那是什么感觉，我已经转动钥匙把盖子打开了，痒痒的。

“明白了吗？这只是曾经那个你变质的过程。她就好比新鲜的苹果，只不过慢慢地在暗处腐烂了，然后有了现在的你。明白成长是什么了吗？”

“那照你这么说，除了新生，其余就没有意义了吗？”

“新生就像数字0，它当然不如其他实数有意义了。”

“我不自由。邪恶只能让我觉得自己还活着。”

“你的身体就是牢笼，它从未放过你。生命就在于不断地积累过去，然后让你踩在过去上，既不能往下跳，也不能坐在上面安稳地休息，而是将希望寄托在够不着的东西上，以实现生命所需要的长度。”

“那么，我是自己生命的奴隶？”

“你从不服从谁，也不凌驾于谁之上。生命就是灯泡，我们每个人都不过是亮起的某一瞬间，只为了用毫无意义的亮度照亮空无一人的世界。”

“那其他的呢？爱呢？”

“只要还由孤独构成人性，那么爱这个命题就不成立。”

“好笑！爱竟然是个命题。”

“人与人之间是不存在什么合法合理的力量将彼此像磁铁那样牢牢吸引的。一个灵魂永远不可能给另一个灵魂带来所谓的永恒。因为单单凭爱是无法接触到灵魂的。爱是骚动的东西，它包括侵略，包括占有，这就说明它是不可靠的。”

“那爱是什么？”

“它是立方体，只有一面是爱，其他五面有的是恨，有的是悲哀，有的是空洞。”

“如果是这样，我到底怎样才能变得完整？”

“打开盖子吧，看看还有什么可以放进去。”

我果然是个容器。我把那幅《马拉之死》摘下来，发现画后面有一个小抽屉。我拉开一看，里面有我曾经最爱吹的口琴。

我含着眼泪把它拿到嘴边吹了一下，一张纸条飞了出来。那上面写着“我们爱你”。然后我把它放进头顶的那个洞里。

窗外大风车的风叶转了过来，上面挂着一束槐花——那是我和他每个夏夜都会去摘的——和一件小学校服外套。

我把那两件东西取下来，然后摘下一朵槐花放进嘴里，尝试找到当年甜腻的味道。

可是不行。

校服口袋里也有一张纸条。那上面写着“胜过已知的一切”。

小花盆里的教堂好像已经关门了，2018年的我和朋友们已经回家睡觉了。教堂的周围很黑，而且空空荡荡的。我把教堂从土里拿出来，它又变成了一个平安果，丝带上也系着一张字条“你决定做的事，都会成功的”。

我把这些都放进了头顶的洞，然后关上小盖子，用锁锁好。

“你觉得完整了吗？”

我摇摇头说：“我仿佛不是很需要这些。”

“那么你是明白了。”蛇回过头来，对着火麻雀点点头。

蛇又凝固了，变成了惟妙惟肖的钟表装饰，火麻雀和火真的融为一体了。午夜自修室以及本来就空无一人的世界只剩下我一个人。

我和我的心脏仍在弹奏钢琴。

外面仍然下着暴雪，屋内暖得不真实。

我还在弹琴。

隐隐地，一双眼睛正从门外窥视着我。

一位已故的天使

月亮永远是月亮，

月亮是不会只向你奔来的。

你好死寂，我的老朋友，我又来和你说话了。

——《寂静的声音》

我已经很长时间没有跟他——那位天使——打过照面儿了。

到底有多久了？说实话，我也记不清。时间可以淡化一切，甚至连一切关于他的往事，无论是那些耀眼的还是暗淡的，都统统被生活的洪流冲散了。

可那天，我觉得我又见到了他。

那天从学校回来时已经挺晚的了，我在24小时营业的便利超市里买了玻璃瓶装的冷牛奶。除了一个正在吃辣条的网瘾售货员，超市里空无一人。我头痛得要命，感觉像是发烧了，这一周我的感觉都很糟。

然后我看见了他。

他站在“家庭医用”售货栏的尽头，挡在我的面前。他的两只脚穿着白袜子和皮鞋，汗水顺着他的太阳穴往下流，悄无声息地滴落在他颤抖的肩膀上。他穿着我曾经无比熟悉的校服，那身校服让我想起了夏夜的槐花、空无一人的晚自习室和童年的噩梦。

他脸上的是什么？那是死亡降临前投在天真这块光洁大理石板上的阴影。他稚嫩而英俊的脸使他看起来像一只待宰的羔羊。

紧接着，两道鼻血从他的鼻子里缓缓地流了下来，这种猩红色和稚嫩的脸是那么不般配。它们滴落在他的小腿上，又顺势渗入白袜子里。

还有他的那双眼睛，那双变化巨大的眼睛，此时像黑暗中的两只万花筒，我能看到人生、挫败、破灭、奴性，它们像闪粉亮片一样安静地涌动。那些只存在于童年记忆中的五官急于告诉我风暴即将到来。

哦，我的伙伴，我唯一的伙伴。

那些往事都已经被时间埋入坟墓，而他竟然逃了出来。

我神经质地吞了一口唾沫，发出细弱的声响。我感觉我的双腿在颤抖。

我想后退，更想上前。

“你知道他是假的，他是魂灵。”我内心一个残酷的声音小声道。但我已经不能控制自己了，我得帮助他，就像我这么多年一直在做的一样，在现实的一切像癌细胞一样扩散进他的灵魂前救下他。

我向前一步，然后他消失了。

我本以为那天晚上我会彻夜难眠，但令我惊奇的是，我爬上床之后，大脑出人意料地空白，思绪比以往任何一个黑夜都要少。在大马力空调的轰隆声中，我陷入沉睡，直到第二天天亮，我都没有再想起他。

他像一股风暴一样再一次侵入我的大脑是那天上油画课的时候。

我已经在画室坐了将近三个小时，除了那该死的塑料水果、调色盘、画纸和偶尔出去上厕所时看到厕所门，我几乎就没看过别的东西。美术老师是个年纪轻轻却头发花白的男人，举手投足间都散发着讥讽的恶臭。他不改画，不指导，只是让大家在这个艺术的囚笼里一遍遍地画着。

昏沉的下午，闷热像融化的奶油一样压下来，风力微弱的空调也很难改变这一点。在大家眼里，色彩逐渐趋于黑白。

画室里一片寂静，只能偶尔听到有人用笔杆磕水桶边的“咔咔”声。我举着调色盘，大拇指由于一直插在把手里，已经磨得红肿了起来。

罐子到底是什么颜色的？我皱起眉，观察了一会儿桌子上深色的罐子，又看看我画纸上画出来的一团绿色。

真的是绿色吗？我现在怎么不这么觉得？我恍恍惚惚，用画笔蘸了一大坨黑色颜料，脑海里对于不该用这么多黑的原则忘得一干二净。

我把黑色颜料和刚才绞尽脑汁调出来的绿色混在一起，不出所料，全都变黑了。

“呕。”我吐了吐舌头。

直到把那又黑又脏的颜料毫不在乎地抹在我的画上，我这才清醒过来。

不能这样下去了，太无聊了。

很快，这种想法又令我觉得可笑：我曾经是一个那样热爱画画，把绘画当作灵魂救星的孩子，我认为我看到的一切都是那么灵动。但现在我所做的一切只是为了考学。

一切事情沾染了利益，都能轻易把人变成奴隶。

我用力眨了眨眼，仿佛要把疲劳挤出去，虽然不现实，但我感觉好了一些。

“静下心来，用心观察。”我想起幼时一位老师的话。

呼吸平稳了一些，我开始放弃用眼睛观察，而是用心感受。

慢慢地，紫色不再是紫色，苹果不再是苹果，现实和绘画场景交融，味蕾和颜料碰撞，都让我对一切的感觉更加敏锐。

就是这样，我松了一口气，然后慢慢投入绘画。

不知道过了多久，背后有人拍了拍我。我回过头，发现是老师。他居高临下地盯着我，驼着背，身后的光把他花白的头发照得更加邋遢，像个流浪汉。他背着双手，那双手简直就是他嘴巴的帮凶，一双刻薄的眼睛正盯着我的画。

“你忘了我跟你们说过什么？”他张张嘴，把他的不满都化为摇头的动作，仿佛我的画技多么烂，烂到他痛心疾首、无法形容的境地。

“你们要把以前学的一切都忘记，全部忘记。”他说，像在读数学课本上的一条定理。

“现在在这里，我才是权威。我告诉你们，你们以前学的那些野路子，对考试都没用。”

我想了想，即使我们把以前的东西都忘了，也不会用他所谓有用的方法画画，因为他什么都没教过我们。

以后该怎么办呢？

我相信大家心里都有这样的疑问。但是，一如既往，没有人出声。

我低着头，继续画我自己的，我感觉那双眼睛里的怒气更多了。

但背后传来他的笑声，那种声音令我恶心。我不知道一个男人怎么会发出这种黏黏糊糊、虚伪、自作多情的笑。

“我该拿你们这些学生怎么办呢？你还是班委，这就是你给大家做的榜样。”

我把笔杆放进水桶里。颜料的腻味让我更想吐。

“生气了？我也没说你啊。”他再一次发出那种自以为慈祥的笑声。

“行吧，我没有批评你的意思，继续自己改吧。”然后他走开了，胸有成竹，相信自己的一两句话就能让我把画改成他想要的样子。

我放下调色盘，走了出去。

“我要上厕所。”

他笑着点点头，那种笑容就像他胜利的战旗。

我还没走开多远就听到他在班里说：“这样坐不住！有些人天生就没有画画天赋，不适合画画。”

我想，那些本来也想跟着我出去喘口气或者尝试用自己大脑思考画画的同学此时也没了任何想法。他们只能乖乖点头，逆来顺受。

我在空无一人的走廊里游荡，像一个幽灵，我觉得我一时半会儿不会回画室。

走廊两侧是一个个静谧的钢琴房。它们沉默着。

我尝试打开其中一扇门。竟然没锁，我内心一阵狂喜。我打开琴盖，然后坐下来，把手指放在琴键上。

天知道我多久没弹过钢琴了，由于学习，由于作业，也由于我已经考完十级，钢琴已经没用了。

我以前尝试着弹过几次，曲谱没忘，但手抖得厉害，好好一首奏鸣曲被我弹得细碎，在同学面前丢了人。

今天，我再一次尝试弹《蓝色多瑙河》。一开始还是手抖，但我这次没有直接放弃离开。这种感觉就像在骑马，我需要安抚我的手指——这匹不自信的马。

“没那么难的，对吗？放松肩部。”我告诉自己。这是以前老师经常告诉我的。

我牙关紧闭，慢慢放松肌肉。

“自由。”我告诉自己。

令我惊讶的是，我竟然慢慢地不颤抖了，每一个音都弹得那么清晰、沉稳。我敢说，以前参加的每一场音乐会我都没有弹得这么好过。音乐就像一股清泉，顺着手腕流畅地倾泻而下。这期间我隐隐地想，除了我自己，其实谁都不会认为钢琴是为了这样特殊的一刻而学的。

这时，窗外突然传来钢琴声，是熟悉的旋律。我的手剧烈地颤抖了一下，然后停在琴键上空。

听到这旋律，我还没来得及思考，眼睛就已经湿润了。我感觉有什么东西仿佛正从内心深处的黑色泥潭中努力向外爬。我的大脑一片空白，跟着那个旋律，我也开始弹奏。

藏在你骨子里，无法忽视的冲动，

让你激动不已，紧张、刺激。

精彩的等着上场。

看到了吗，灼热的梦想在向你靠近，

投降吧！你无法抗拒。

自由的感觉，全都涌向你。

关于天使的一切都清晰了。“自由的感觉，全都涌向你。”他生来就不是一副安分守己的平庸相貌，泼辣的笑声、一双能点燃整个原野的眼睛，还有他那微微闪光的背影，使他像企图腾空飞翔的鹰，如此明亮。

我很久没有回忆起他了。那时他是轰动整个校园的月神之子。所以我们现在不妨开始回忆，回忆这个不凡的孩子的每一寸肌肤、回忆他每一次不均匀的呼吸，回忆每一道流星闪过他的眼睛又暗淡下来。我再次想起他的脸，像那天傍晚的山脊。

他是月神的孩子，这是他自己说的。如果别人说这般狂话，大家是绝不信的，然而这话出自他之口，所有人都没有半点怀疑。他实在是太不同了，太活泼了，让人觉得他就是某种猛兽或神明草草化成的人形。他那天生的不凡野性和那如繁星一样的智慧，是无论如何也掩饰不住的。

入学的第一天，他夹着一个比他身体还要大一些的布包，低着头，怯生生地走进教室。

我原本以为他不过是一个内向的小朋友，但当他抬起那双眼睛看我时，我打消了这种念头。

他是陨落的天使这件事是入学后一周才被大家渐渐知道的。

“你为何会来到人间呢？”有的同学问他。

他并不忧郁，干脆地说：“妈妈触犯了天条，作为惩罚，我没法继续陪着她，所以就被贬到了人间。”

“你妈妈触犯天条，上天为什么惩罚你呢？”

“大抵因为我是她最宝贝的吧。”

大家认同地点点头，又惋惜地摇摇头。

“那你现在就没有妈妈照顾你了？”

他摇摇头，说：“也不是，我有人间的妈妈和爸爸，过着很朴素的生活，我很爱他们。他们不知道我的真实身份。”

“啧啧，好端端的天神竟落入凡尘，真可怜！”

他顿了顿，眼里闪耀着光彩：“我不这么觉得。我要当这凡间的救世主，我愿意接受一切冒险。”

总的来说，他从未展现出任何对于天庭的留恋和忧郁，毕竟他只是个孩子，除了神刻在他灵魂深处的印记，他哪里知道天上和人间的区别呢？既然来了人间，他就和别的小朋友一样上小学，学一样的汉字，玩一样的游戏，享受着一样的童真。他健康而茁壮地成长，从小就很有主见，曾经的那些都已经过去了，他现在就是个凡人。

在我的印象中，他有一头乌黑的头发，他的皮肤是健康的小麦色，这是每一次在烈日下疯跑出一身汗的结果。他修长的胳膊和腿总是在逃窜，逃离他惹下的那些可笑罪行。

沙漠空中的那些星星拼不出他的身形，迷路的角马眼睛深处也留不下一点这位大冒险家的身影。

他最爱和我玩，可能是因为我较为孤僻，嗜读书，且不像别的女孩那样拘谨，诚惶诚恐地把自己锻炼成父母眼中的淑女。我很爱爬树，坐在午后的树干上看《红楼梦》。我也很爱打抱不平。

小学的时候，我的性格和行为成功地让我变成了学校里面的异类。我成绩好，又整天说些别人听不懂的话，比如“新月派”“文艺复兴”“宗教改革”，别人自然很难和我交流；我皮得厉害，上蹿下跳，曾为了救下两只小蜘蛛而和别人大打出手。我尤为喜爱军事、物理、化学（长大之后就不喜欢了，考试及格太难了），这在很多人眼里不是女孩子该喜欢的，自然大部分女孩不愿意和我玩。我爱打抱不平，爱正义，屡屡得罪一个“小霸王”，所以大家往往因为局势，不会和我站在一边。

我总是形单影只，但每每那些聒噪的女生把我围成一圈，轮番对我进行言语攻击的时候，天使总会出现，用其绅士的伶牙俐齿为我解围。

他的才华和志向就像落入冬日黑色河水的水晶首饰，在黑暗的现实中闪着光。

他爱叠纸飞机，手比大多数孩子都要巧很多。我记得他当时管他折的飞机叫“平头犬”——头是平的，短小精悍，能飞得很远。然后班里折飞机的业务，很快都交给了他。

由于先天的优势，他对各种科学都很精通，且有一股勇往直前的精神。他拿起飞机，仿佛风都能认出他曾经是月神的孩子，都听他的，把他的飞机托得那样高、那样远，然后落入学校外高大而深沉的燕子山。大家都为他喝彩。

他玩，我也玩。那时候整个班仿佛都因为他进入了“大发明时代”。纸飞机不再是孩童的把戏，而是变成了一门学问、一种产业。有的女同学爱美，手也巧，就三五个扎堆，研制出一种千纸鹤飞机来。这种纸飞机看起来是千纸鹤，翅膀却可以借着气流上下扇动，还能够滑翔。有的同学在“平头犬”的基础上改造，制作了可以回旋的飞机。有的同学在飞行距离上下功夫，如老学究一般寡言少语，无论外面那些花里胡哨的飞机飞得多么热闹，他们都能坐稳冷板凳一心钻研。最后，他们折出来的飞机能飞跃整个操场。

不只是纸飞机，其他的发明也非常多：可以瞄准弹射的圆珠笔，既是赛车又是修正带的“修正车”，一声令下就能停住足球的“足球停球器”，铺上撒了铅粉就能按轨道跑的圆形药丸盒（可以传递考试小抄和情书）。大家互相交换、买卖这些小零件和小工具，每个人都以为自己在创造未来，这是这个庸俗的私立小学从来没有发生过的。

有一天下午，天使邀请我和他一起去旗杆下放纸飞机。

夕阳浸染了整个校园，我们坐在旗杆下。那天是周五，孩子们大多拖着拉杆箱回家了，旗杆下的操场从一开始的嘈杂逐渐归于平静，但是天使的周围仿佛从来都是寂静的。

他一句话也不说，只是用手指折着飞机，再用指甲把边缘捋平。对面的雾色山脉高得看不到顶峰，我只能看到上面成排的树，那里像一座神秘的交响乐厅。我只觉得我们好渺小，也包括这位月神的孩子。

“怎么了？”我问。

他摇摇头。当他清澈的眼睛看向这个世界的时候，我看向他。

我心里知道了大概，看来他人间的父母这周不会来接他了。

这里是寄宿学校——冷漠的寄宿学校，今天晚上他又要和月光下寒冷的燕子山相伴而眠了。我忌妒他丰满而炙热的情感，忌妒他对一切的爱。上一年级的时候，他曾经带了他爸爸妈妈的照片，那两个凡人印在柯达相纸上，揽着彼此的肩微笑着。他时常在上课的时候看着照片掉眼泪，结果被班主任发现，那张照片被剪碎了。

如何培养一个优秀的人？断，舍，离。

“没关系，不就是一个周末嘛，很快就过去了。”

他没回话，但我从侧面看到他咬咬牙又点点头说：“我很勇敢。”

我放心了，继续放飞机。

在即将沉沦的光明下，无数个被染成金色的纸飞机尽全力在低空翱翔，又一头扎下来。

有一次，在语文课前，一个女生突然尖叫一声，原来是天使给她折的顶好的纸飞机飞到风扇顶上了。他立即踩着凳子，摇摇晃晃地够纸飞机。大家都倒吸了一口气，最后他顺利地把飞机拿了下来。大家一阵欢呼，他也笑了，那个小姑娘惊喜地跟着拍手，一会儿看看身后，一会儿看看他。他露出胜利的表情，然后把那个飞机扔了出去，大家又一阵欢笑。

但很快这阵欢笑像被阴风吹灭的祭坛蜡烛，归于沉寂。天使的笑僵在脸上。

纸飞机落在语文老师脚下。

语文老师是个强势的中年妇女，她婚姻生活不顺，有一头蓬蓬的长发，像头狮子。她的眼睛露出恐怖的光芒，眼睑颤抖着，仿佛她觉得一切都该到头了，能忍的已经忍了，她这级部里鼎鼎大名的母老虎不能再给这个叫“月神之子”的冒牌货面子了。她把天使叫了出去。

天使被罚站一周。他像示众赎罪的囚徒，看向我的眼睛里闪耀着光彩。

从此班里再无纸飞机，也再无发明。

夏天来了，夏夜也来了。我向来最喜爱夏夜。有天使在的夏夜绝不孤独，绝对有欢乐。

我们经常在黑夜中奔跑，在黑夜中跳跃，我有时候觉得自己的一生都是这样。操场旁有棵老槐树，树上有一截断枝，很适合踩着向上攀爬。我们经常互相配合爬树采槐花。有时候他把我扛在肩上，然后低下头，让我可以挺直了背伸手摘树梢上那一串一串如珠如玉的花朵。我们在夜色中看着刚采下来的成果，脸对着脸笑。花刚摘下来时，我们会你一朵、我一朵地分着吃，心里甜美。但是吃了三两朵他就不吃了，且让我收好，他知道我是最贪吃的。

我们向更寂静、更靠近宇宙的角落跑去。

操场的尽头是如此空旷，如此黑暗，只能靠远处校园外公路上的点点灯光才能勉强看清。附近有个很高的台子，比我高出两头，比他高出一头。

令人惊奇的是，他能爬上去。我愣在原地，因为看不清而笨拙地摸索时，他已经一只脚踩着白漆足球门的网子，双手攀着球门顶端，另一只脚则踩在粗糙的墙面上，稳住身形之后，两只脚一齐踩着墙向上，很像蜘蛛侠。直到身体躯干都和地面平行，他才瞅准机会把脚搭到高处的平面上，一用力身体就在那个平面上直起腰来。

他拍拍手，摇摇晃晃地在高高的台子上站起。

“快上来吧！”他笑着鼓励我。

“我才不敢，我什么都看不清。”

黑暗中我看到他的头一歪。

“快来吧，这上面风景可好了。”

“能看到天马星座吗？”

他泄气地摇摇头。

“那等你看到了我再上去，我们再去那里玩。”我说。

“我说，你就试试吧！我教你，怎么样？你要是摔下去了我就扇自己。”

我当然想去看看台上的风景有多好，但我就是不敢。看着隐匿在黑暗中的足球门，我真害怕有的地方是空的。看不见的会不会就不存在？

“你竟然怂恿一个小女孩这样做！我倒要让你见识见识我的厉害。”我没底气地逞强。

他好像在上面做鬼脸，我忍不住想飞上去戳他脑门。

“小姑娘，丢丢丢，小哭包，丢丢丢。”

算了，管他呢，我头脑一热，学着他的样子爬上球门。等到冷静下来，我才发现周身的黑暗和未知是如此真实地逼近我。我的脚已离开地面，这感觉就像我顺着天梯要爬上九千米的高空。我的脚最后搭在台子上，我能感觉到他就站在我旁边。

我的头发由于地心引力垂下，我感觉地面在吸我。好高，天竟然比看上去的还要高。我的身子也竖了过来，头顶朝向地面。我想，我要是现在脱手，一定会摔断脖子。

我的手掌心出了一层细汗，球门边缘开始变得很滑，我加大握力，丝毫不敢动弹，害怕脱手。球门上本来有些锋利的豁口现在也变得又黏又滑。

“倒是不用害怕被割伤了。”我弱弱地告诉自己。

“腿一使劲，把整个身子撑上来。”他在上面兴奋地说，看起来很为我取得的一点进步而感到骄傲。

“我不行……”我简短地说，我想保留更多的力气，用来支撑我的手指继续使劲。

“你能行。未知的恐惧都是不存在的。你以为的永远不是你以为的。你的潜力比你想的大。“

但我真的不行，我既没勇气退下去，又没勇气爬上去，卡在了这个骑虎难下的尴尬境地，而这种尴尬不是一般地累人。

“想一想，你现在已经失去了所有，你什么都不怕，这一切都是一场梦。”

接下来发生的一切着实像一场梦。

我的内心突然不知怎的就释然了，黑暗不再像疯羊一样试图甩掉我，而是开始拥抱我，至少我自己是这么感觉的。我让自己放松，仿佛我只是在玩一个电子游戏。我的腿用既不大又不小的力一撑，然后我的身体以不可思议的角度转了转，像在月球上坐过山车一样，我登上了台面。

我们在台子上坐了下来，仰望星空，觉得自己和无际、不朽的宇宙又近了一步。我们各自的脑海里充满了各种画面——黑洞、太阳风、沉睡的木星等，大自然的一切仿佛就在我们身边进化、呼吸，古老寒武纪的三叶虫、生而又死的风神翼龙、深海的鲸歌……

在那之后，我隐隐觉得，只要有勇气，我就可以登上月球。

每天晚上我躺在床上，
最五彩缤纷的思绪就充满了我的脑海，
成千上万个梦想让我难以入眠。
我幻想着这个世界会是什么样子，
我将看到怎样精彩的一切。

也不知道是受到什么影响，我们开始研究炼金术。

当别的孩子还在思考怎么让父母给他买高达摆件、怎么让自己的情敌在喜欢的小男孩面前身败名裂的时候，月神的孩子和我已经开始研究不朽的秘密。

我们收集了身边所有可以收集的样本用来研究：操场边的石头，别的女生发卡上掉落的人造水晶，菩提子手串，腐朽的木块等。我们只要有空就往科学办公室跑。我们的科学老师是一个年轻、壮实且有些羞涩的男老师，他无比鼓励我们提问，并有自己的研究。

首先，我们依据现代科学进行研究。

“金的惰性很大，并不像铜和钙容易提取单质。但是也不意味着绝对没有办法。”他笑着说，躲在黑色方框眼镜后面的小眼睛闪着光，在我看来里面藏着无尽的自由和未知。

我们煞有介事地讨论了将近一节晚自习，他用草稿纸给我们推论了整整三页，因为有一些专业的知识我们并不懂，他只能很有耐心地从基础开始解释。例如什么是密度、什么是单质、什么是置换反应、元素周期表怎么看。其余的理论我记得不太清了，只记得空荡的科学办公室里，台灯的光亮照着三个热爱科学的孩子（除了我和他，还有一个年龄大一点的孩子）。天使的脸颊满是兴奋、快活，眼睛是那么闪亮，他和老师辩论、讨论，仿佛真的回到了希腊和罗马的学术殿堂。

后来我们了解到，炼金术更多的是和神秘学相关。我们从

《尼可·勒梅传》里寻求大炼金术师尼可·勒梅长生不老的蛛丝马迹，从中世纪的传说中不断假想。每个无聊的课外活动后，我们都躲在班里研究那些古老的典籍，关于炼金术的手记记了整整一本。当天使在潜心研究时，我总是偷偷地看他，心里涌起一阵窃喜："哈哈，他现在归我了！"

天使不是那么好驯服的。有不少女生爱他、喜欢他，但他一点也不解风情，从不在意这些。每次听到类似的流言我的内心都感到不安。为什么呢？我害怕那些冒险的夏夜不再有，那些激烈的学术探讨不再有，害怕他的光辉不再有。

有一次在操场上散步，我偶然听到两个女生的谈话。

"你们知道吗？咱们班的班花喜欢月神之子！"

"真的吗？你怎么知道？"

另一个女生兴奋地压低声音："我当然知道！那天我亲耳听到班花跟别人说'我和他坠入爱河了'！"

"'坠入爱河'是个双向的词吧，难道小天使也喜欢她？"

另一个女生并不怎么在意自己这个口误，觉得对方抓错重点了："我说错了，反正就是她自己坠入爱河了吧。天使怎么会那么容易喜欢别人呢？人家的心思不在这些世俗上，他只在乎梦想和什么'真理'。原来班花也有失意的时候啊！"

我的身体一震，紧接着是一股沉甸甸的悲凉爬上心头。

"月亮永远是月亮，月亮是不会只向你奔来的。"我告诉我自己。

但我们是最好的朋友，这就足够了，情人易寻，但知音难觅。我窃以为这就能将我们的灵魂捆绑在一起，我觉得自己就像一个贪心的修女，以为无尽的祈祷和修道就能把神圣的光辉永远留存在自己身边。

经常有人看到我们两个在一起，笑着说："你们两个可真是臭味相投！"每每这时候，我们都会很默契地回道："是xiù味相投！"

寄宿学校的孩子的童年很多时候是阴郁的，大部分时间都活在家长的遗弃、老师的铁腕、周围孩子的冷漠、繁重的功课和考进前260名的阴影之下。当生活变成了生存，人也就变成了奴隶，我觉得大部分人都处于这种状态。

但天使能很快乐，不是因为他先前是神，而是因为他愿意做一个有血有肉的人。

我们两个活在自己眼里充满希望和幻想的世界里，其他的一切自然也就不存在了。我们觉得世界需要我们，世界将是我们的大舞台。

"我们长大干什么？"

他冲我笑了一下说："钻研科学吧。"

"好。怎么钻研呢？"

"我喜欢化学，我要当一位化学家。你喜欢物理，你就主修物理吧。等到我们研究炼金术赚了钱，就开一个实验室，就我们两个人的实验室。"

我的心脏"怦怦"跳了起来，然后问道："在哪里开实验室？"

他想了想，目光穿过嘈杂的教室，投到刚下过雨的空旷燕子山上：“就在那座山的尽头。”

我们都不知道那座神秘的山尽头会有什么，我认定它的尽头一定是黑水湖，霍格沃茨就在那里。天使却不这么认为，他有自己的遐想。

“那里就是属于我们的世界，纯洁的一切。啊，有这么多的一切等待着我们去探索！”

穿过那些的嘈杂和混乱，穿过小霸王打人的拳头，穿过女生们的窃窃私语，我看着他的眼睛，那里有浩瀚的太平洋、亚马孙丛林，还有圣托里尼岛的光洁沙滩。我不相信这双眼睛属于人间，更不认为这双眼睛属于我。

我看着他的眼睛，他也看着我，我们两个都没有说话，各自在心里想象着在那间实验室里我们可以创造的一切奇迹。

除了他，从很小就没有人拿我喜欢或者相信的东西当回事。无论是多荒唐的事，他都坚决捍卫，比如斯蒂芬妮和怪兽。

虽然我们两个相互为伴，但是我还是因为这个大环境感到孤独。

因此，一位“朋友”——斯蒂芬妮——诞生了。她是我幻想出来的一匹白马。她缓缓地从森林里走出来，带着她的智慧、哲思进入我的世界。

斯蒂芬妮就是我，我也是斯蒂芬妮。她是我思想上的伙伴，也是我现实生活中的伙伴。当我在空无一人的花园里时，她就变得真实且可触碰。当我走进人群，她就会消失。

因为我会对着空气讲话，所以很多人认为我是怪胎。然而我想，人们真的比空气更友好吗？

有一天，我独自给斯蒂芬妮梳毛，他走了过来。

“好漂亮的小马！你从哪里领回来的？”

我先是震惊，接着是兴奋和释然：“是斯蒂芬妮找到我的。”

他也把手放在空气中某个地方，深情地盯着那一片虚无：“她可真乖，如果有空，我们三个应该一起玩。你骑着她，我可以在下面牵着她的绳子。”

我还没从震惊中回过神来，我不知道他是怎么看到斯蒂芬妮的。虽然我对斯蒂芬妮的存在是那么坚信不疑，但我也相信别人是肯定看不到她的。或许因为他是天神吧。

“斯蒂芬妮，给你介绍一下，他是我最好的朋友，我们以后都是最好的朋友了。”我说。天使点点头。

“快看，她单膝跪地给我行礼了！”他看着我笑着说。

我仿佛也能看到斯蒂芬妮——这匹幻想的精灵——像《狮子王》里面的动物一样跪下来，给这位同样是精灵的男孩俯首行礼。

长大后我才知道，他经常在我和斯蒂芬妮玩的时候悄悄观察我的一举一动，在得知她是一匹小马后，他才来和我一起玩。

我曾经有一本关于怪兽的书，里面有无尽有趣新奇的东西，例如呼唤美人鱼的咒语、如何接近一匹狮鹫、捕捉火蜥蜴的指南，等等。那些动物就是我的信仰，我坚信有一天我可以见到雪人、美人鱼。

当我认真地把这些讲给别人时，他们都笑我："快看她，真傻！这些东西都是不存在的！"但是对未知的探索从未让我对没见过的事全盘否定。

每当这个时候，他就会站出来，抚摸着书上化纤的野兽毛和塑料鳞甲，像个男子汉一样告诉我，这些一定是真的。

那天离开画室，我感觉身心都异常疲劳，可能是由于思考如何调色，用脑过度，而且往事像沉重的十字架压在我的背上，压在我的灵魂上。

晚上大家洗漱完，齐齐躺在床上。

有人讨论起未来这个话题。有个面色苍白的女孩早早就塞上耳塞睡了，和高考无关的话题她都不参与。其余人大多在看手机，亮闪闪的屏幕灯光照在一张张脸上。

"话说，你们想好长大干什么了吗？"

"让命运定吧。"一个女孩趴着滑手机，然后喝了一口学校烧开的自来水。

"我也觉得。那接下来呢？"

"既然在美术班，就艺考吧，考上中央美术学院是最好的。"

"那考上央美之后干什么呢？"我问。

黑暗中那个女生的声音有点奇怪也有点犹疑，她可能觉得这个问题可笑，从来没思考过。

"看老师安排啊，该干什么就干什么，挣钱多就行，学美术就是图个富。”众人都低声表示赞成。

“那为什么要考中央美术学院呢？”

她这回没表现出很惊异的样子，可能早就习惯了我的奇怪问题。

“拜托，那是最好的去处。去了那里基本人生就算成功了吧。毕竟谁不想考中央美术学院呢？”

“再说了，本来就是美术生，如果考不上中央美术学院、清华大学，恐怕母校连高考加油视频都不让你拍。”有人小声地说。

我没再说什么，突然想起很多年前和月神之子约好的实验室，想象它在月光下群山之巅的样子，想象我做实验的样子，想象我驯服狮鹫的样子。

但很快我就把自己的思绪打断了，再不睡觉，今天晚上我就只能睡五个小时了。早起都是为了早自习。

“早自习就是用来睡觉的。”这是我表姐的原话。

大家说话的声音逐渐沉下去了，各自躺在简陋的木板床上，脸转向掉漆的墙，美美地睡去。

我闭上眼睛，疲惫追上了我的思绪，把我拥抱在云层里。还没等我反应过来，一天又过去了。命运的洪流这么强大，我随着它漂得这么远。

我想做什么，或者我又能做什么？

这是我昏睡前想到的最后一句话。

我又回到了童年的燕子山。

高大的山脉在月光下被染成忧郁的蓝色。大自然和造物主仿佛就在我的身侧沉睡。

我穿过浓密的松林，走过高耸的悬崖。喜鹊从寒冷的溪流边偷偷逃走，我隐隐觉得有许多东西藏在这座山里。

身后传来树的沙沙声，我猛地回头。

只见一缕银色的鬃毛一闪而逝，然后消失在松林后。我低头看看湿润的泥土，发现了马蹄印。

我转身朝鬃毛消失的方向走去，前面却只是一大片空地，什么也没有。我继续向前走着，在山里探索着。不知道走了多久，我来到了一座神祠前。神祠被树和岩石拥抱着。

神祠里面的一角堆着一堆石头，旁边却是一堆金子。

我走出神祠，隐隐听见远处有马儿的叫声。

我继续向前走去，月亮很大，一路跟着我。

在一片花丛中，我发现了一个哭泣的女人。她长得很美，宛如天人，穿着白色的袍子，坐在月光下一块青石上。她泪眼婆娑地看着我。

“找到我的孩子，不要让他忘记自己是谁。”她哀求道。

我说：“好的，月神。”

我继续前行，前方有一个影子飞快地从竹林之间穿梭过去，发出清脆的笑声。

我拨开草丛，追着那个影子去了。

你懵懵懂懂过着你的日子，
尽受打击，垂头丧气。
他在唱歌，那声音听起来不是很遥远，空灵地击打在天空上。
连天空都阴云密布，
如迷途的行尸走肉。
你内心在沉睡，
但你很快就将要被唤醒。

几只鸟在暗处叫了起来。我绕过树丛，走上一条小路，看来可以通到竹林里。

黎明即将到来，光芒如此耀眼。
重新定义这个世界，你将永不再相同。

我觉得我和他已经很接近了。那个影子在树丛和竹林之间慢慢变得清晰。可惜我刚要追上，他又加速，只见一个健美的躯体如闪电一般骑马飞奔而过。

你知道你已经不能回头，回到曾经阴暗的日子。
因为这一切都已经发生，就如白日做梦。
我可以从你的眼里看出，你相信了那个谎言，你隐藏了自己的脸庞，害怕站出来展现自己。但不要这样！

我停下来喘口气，那个影子仿佛在围着我转圈。

这一切都在等着你，世界等着你登场，你绝不能感到恐惧！

一切又归于平静。我慢慢走着，不知不觉又走回那片空地。

这时，月神之子终于从黑暗里出现了。

他赤身裸体，月光柔和地照在他健康有力的胸膛上。他骑着一匹雪白的马，马儿低着头喷气，柔顺的鬃毛闪着水晶一样的光，那是斯蒂芬妮。他真像希腊神话里的人物。

他看着我，眼里流出一种复杂的光亮，仿佛已经完成任务。他让斯蒂芬妮掉头，然后又慢慢回到森林里去了。

我再次醒来时，宿舍的起床铃正在尖叫。

毕业之后，我来到了真正的世俗世界。

月神之子是我无尽的怀念。刚上初中时，我时不时想起他，思考他在干什么，在别的地方怎样悄悄发光、改变世界。我对他是救世主这件事坚信不疑。

不知怎的，我开始看什么都像他：他是教堂的彩玻璃，他是我梦里首尾相连的走廊，他是卡夫卡写给米莲娜的第九十九封信，他是每天晚上从鬼屋那边缓缓升起的月亮。

每当我即将对生活和梦想失去希望，我总会想到他，想到他的不凡，想到他在黑夜的槐花树下闪闪发光的眼睛，想到他的冒险精神，想到他的笑声。那时，一种强烈的感觉就会撞击着我：一切都是有意义的。

他并不用任何社交软件，所以我便和他失去了联系。

分别一年半后，我们终于相见。

他没有变，只是眼里的光看起来暗淡了一些。当他接过我的包，在大明湖前冲我微笑时，我觉得过去的那么长时间仿佛从来没有存在过，仿佛我们从来没有分开过。有种不同的欢愉从一沓沓厚厚的试卷中抬起头来，实验室、炼金术、美人鱼又回到了我的脑海里。

我们先去看了电影《马戏之王》，他看哭了。我觉得巴纳姆就是他，而我是夏洛蒂，两个孩子穿过一切，找到了那个共同的废弃庄园，在里面许下无数愿望，埋下无数梦想。

之后，我们回到洪楼。

“你最近怎么样？”

“你是说学习吗？”

我不知道他为什么第一个会想到学习。好吧，我点点头。

他摇摇头说：“唉！并不好。我才年级第100名，我们年级一共有1000人。”

突然有一阵古怪的寒气从我的胃底爬上来。我恍惚地觉得我不是在和曾经的月神之子说话。这种炫耀的说话方式，他到底是从哪里学来的？

“那怎么不好呢？”

我隐隐觉得他是在用眼角看我。

“我妈妈让我考得更好。你多少名？”

“200名吧。我们年级一共有500人。”我泄气地说。我不想千辛万苦见到他就是为了讨论学习。

他仿佛知道我的心思，不再说了，这倒令我开心。

“我好想进教堂。”我说。

“你天天守着教堂，怎么可能一次也没进去过？”他问我。

“它并不经常开门，只有周六、周日开，那个时间我一般在家里写作业。”我说。

他眼珠一转，我一下子就明白了他的想法。

“我看那边有一座矮墙，我们或许可以翻墙进去。”

我兴奋极了，跟着他过去。

他先爬上小矮墙，再把我拉上去。

我们坐在墙头上，正上方是清明的天空，凉爽的空气中仿佛有冰晶。左边是紧闭的大门，高大哥特式建筑仿佛早早睡去了。

我们仿佛回到了小学的时候，整个世界只有教堂、我们和无尽、淡蓝的虚无。我希望那一夜永不结束，我希望他永远在我的身侧。

和他分别以后，我上了初二，妈妈经常因为成绩和我吵架。生活不断地暴揍我，而我却一次次站起来，再被打倒。我觉得未来像一件装在纸盒里的遥不可及的东西。在我夜复一夜的泪眼婆娑中，没有一束光照在我身上。或许我要永远被留在十四岁——

失败的十四岁，被所有人讨厌的十四岁，在妈妈的办公室里歇斯底里哭号的十四岁。

夜空中最亮的星，

能否记起，

曾与我同行，消失在风里的身影。

……

我宁愿所有痛苦都留在心里，

也不愿忘记你的眼睛。

而后，我经常给他写信。

给他写的第一封信是我辗转找人，委托他们学校的一位学长给他的。

我精心拍了一张教堂的照片，去学校门口的印刷店冲洗出来，连同一枚远征军勋章放进信封里准备给他。

“他一定会喜欢的。”我告诉自己。

信里是这样写的：

月神　钧启

见字如面，好长时间没有见到你了，甚是想念。你可以看到信封里有带给你的礼物。实际上，我在山大附中过得很好。

我有几个要好的朋友可以一起讨论学术、文学之类。还有一个朋友，我们曾经想去化学实验室偷偷做实验，但终是没有去。我很幸运有他们做朋友。

希望你喜欢这枚勋章，你永远是我的战友，是我向永恒开战的军旗。

还有教堂。我经常看教堂的尖顶看得入迷，然后就会想起你。教堂前有一小片翠绿的草地，在阳光下格外耀眼，我每天晚上回家都要经过那里。这里有一张教堂的照片。

我很爱大学，爱这里的一切。你最近怎么样？

祝学业有成。

你的战友

一个周末，我独自坐车前往他的学校，并把信交给了那个学长。但这封信仿佛石沉大海，我并没有收到他的回信。

一学期很快就过去了，期末考试完了后，我回到家，看到信箱里有一封给我的信。

我的手指颤抖着，血液在皮囊下热切而虔诚地奔涌着，我小心地撕开信封。

某某　台启

你的来信我已经收到，很抱歉这么晚才回信。学习特别紧张，我妈妈一刻不停地看着我写作业、背提纲、练习。妈妈时常提醒我，我已经不是什么月神的孩子了，记着这个对我没什么好处，再不学习以后可一点出路都没有。

你送我的勋章我真的很喜欢，并且被我们班的同学传看，但一有人对此嗤之以鼻，我就会毫不客气地把勋章收回、藏好。我本来想回馈你一枚诺贝尔奖章，竟然无处淘得，看来只有你长大后自己争取了，我相信你绝对有这个能力。

我们学校没有你们学校那么好的景致，同学也多数平庸，但有一个朋友是值得我交心的。我们老师是个刻薄的小个子，整天除了成绩，其他什么都不管。他让我们写论文，我辛辛苦苦查阅资料，写了整整18页，得了个B。而另外一位学习比我好的同学才写了两页，就能得A！气愤之余，我也很无奈，看来这个世界并不怎么需要真理，是我的过错了。

很遗憾地告诉你，我可能这几个假期都没法出去玩了，我一旦考不好，妈妈就会很凶。不知道我那位月神母亲会做何感想。

谢谢你为我做的一切。另外还有一个包裹，是我从日本回来带的东西，专送给你，希望你喜欢。

祝学业有成。

你永远的挚友

读完他的信，我在沙发上坐了不知道多长时间。夕阳快要沉下去了，昏沉而瞌睡的晚霞透过落地窗打在我的肩上，有一些顺着信纸流进文字里。

巨大世界的一天又过去了，我很想哭，但是仿佛有比哭更强烈的情绪将它压制住了。我就像得到了另一个世界的回音，一种孤独、一种温暖、一种平静涌上我的心头。外面车水马龙，令人焦头烂额的车笛声和叫卖水果声交替响着。

那年夏天山东大学里浪漫的树声从未停止，仿佛将永远存在。那年夏天我会考失利，成绩出来之后，有无数同学趴在桌子上痛哭，因为永远失去了上梦想中的学校的权利。我的一位戴着黑框眼镜的同桌给我们起了个名字：输家。

月神之子一直杳无音信。

初中毕业后，他来找我，拉起了我的手。

由于他妈妈的逼迫，他的成绩确实不错。我哀求他和我选择一个高中。

“好。”他点点头，“就这么决定。”

那天晚上，我久久不能入眠。未来绚丽多彩的画面在我脑海里交替出现，我又可以和月神之子度过人生另一个重要阶段。我们要一起度过夏天，度过余生中许许多多的夏天。

可是第二天，他脸色苍白地告诉我，他妈妈不许，只让他上那所“监狱式管理”的学校。那所学校里的学生成绩确实好，但我听说那个地方的老师很会洗脑，会把学生洗脑成没有思想、只有程序的机器。

我看着他的眼睛哭。

“你求求你妈妈！”我说。

“我求过了，也吵过了，可惜没用。要不是因为你，我其实就跟着妈妈的安排去了。是你突然让我清醒过来，让我明白这是自己的人生大事，我这才和父母闹出许多风波。”

我知道再怎么说也没用了。

“那你千万不要被洗脑，万不可人云亦云。”我抓着他的手，摇着头警告道。

“放心，我是绝对不会的，因为有你，你就是我的信仰。”

在那年悲痛并甜蜜的夏天，他给我的信里有这样一段话：“纵然世风日下，纵然人情冷暖，只要无所顾忌地爱着，为了爱而有所顾忌地活着，这就是我在人间过一生的意义。”

他说：“不要管别人，只要你是你，就是最珍贵的。”

最后一次见月神之子，也是夏天，是我余生最后一个夏天。

那天我们出去，等候电影开场的时候我说：“对了，我们说过长大要做的事，还算数吗？”

“我们说过什么？“他问，语气里是真的疑问。

我顿了顿，那股古怪的寒气又顺着我的五脏六腑上浮。然后我说：“就是关于实验室的事。”

他在黑暗中苦笑一声，道：“算了吧。”

我的大脑一片空白。

“对了，我又把《百年孤独》和但丁的《神曲》读了好几遍，真好看。”

“真羡慕你，对事情有这样的热情。”

“什么？”我问，实际上我的声音听起来像一声奇怪的大叫。明明是夏天，但我觉得电影院里冷得我骨头疼。

“我就不行，我觉得自己就是浑浑噩噩的。”

我觉得自己至少有三分钟都呆呆地坐在那里，哑口无言，冰镇雪碧把我的手冻得失去了知觉，刚嚼了一半的爆米花留在口腔里。

“你是月神的孩子，你忘了？”这是我僵住的神经唯一能想到的回复。

他看起来有些着急，也有些脆弱。

“你别再说这些了！”他低吼道。

“那梦想呢？”

“我没有梦想。我真的想不出什么梦想。”他的声音听起来有些哽咽，双手在膝盖上搅在一起。

我笑着，觉得自己的笑容苍老而疲惫。

“学习也不一定光为了学习，有梦想是好的。”

“我学习都学不好，有什么资格谈梦想？这是我妈妈说的。”

“你知道吗，你现在变了，你现在变了好多。”我喃喃地说。

他仿佛没听见，自顾自地继续说：“人生不就是学习、工作、结婚、生子，需要那么多想法干什么？反正都是不可能的。”

“怎么会不可能？你只要别什么都听你妈妈的，有点自己的想法，就不会这样的。”

“给我讲讲你学校的事吧，我不想听你念叨这些。”

我愣了愣，接着按照他的要求，勉强保持热情，给他讲了一串我自认为有趣的事。其间，他什么也没说。黑暗中我看不清他的眼睛，只知道他在茫然地盯着屏幕上的广告。

“我们长大后去远航吧。”我在沉默了很久后说道。这句童年时期我们无数次流着汗，坚定地望着彼此的呐喊，此刻在我们之间显得那么空虚，就像我在他耳边吹的一阵风。

他转过头来，用那双无神的眼睛看着我。那双眼睛就像餐桌上烤鱼的眼睛。

“你是个神经病，真的，你自己知道吗？”

我逃出电影院，把“救世主”独自留在那里面。

外面夜幕已经降下来了，华灯初上，一波又一波浩荡的人流拥挤着前进。再细看，这些人青面獠牙，肋骨支撑着青黑的皮肤，嘴里发出神志不清的咕噜声，我仿佛到了阴曹地府。

空荡的天地间，我看不到几个真正的人。想到这些，我飞也似的逃回了家。

沸腾水星

长大就是

很多事情不能再任性。

沸腾水星是一个女孩，是我的朋友，是我一位不知道从何处而来的朋友。也不知道什么时候起，我们开始在社交网站的留言板上给对方留言。我不喜欢“网友”这个词，我觉得她可能真的是一颗水星，她给我的感觉仿佛是凌驾在真实的一切上面的。我们给彼此留下只言片语，从不受时间的限制，仿佛我们找到了宇宙中一个隐秘的拐角——一个连时间也找不到的地方——尽情交谈，交谈曾经没有跟别人表达过的一切。

她有很多奇思妙想，她很可爱。虽然我们素未谋面，我甚至不知道她的真名、她在哪里上学、她的数学是不是比我好（世界上大部分人的数学应该都比我的好），但我从未觉得对她有半点陌生的感觉。她告诉我，她也热爱文学，我甚至觉得她有时候是个趋向于天才的人。

我们在茫茫人海中，低头在手机上一边努力维护我们搭建的浪漫的爱迪生世界，一边随着命运的齿轮转动。我曾跟她说，一切都是无意义的，月亮只是月亮，其他被赋予的意象不过是人们自鸣得意的妄想，就连水星也不能幸免于难。但她说，她不一样，因为她是沸腾的水星。

好吧，无论她是人类还是水星，愿我们从人间抬起头来的时候都能看到恩底弥翁的月亮。

我：“那天下午我很害怕，整整一本手稿掉进了学校花园的水池里，笔在岸上颤抖着。”

沸腾水星：“才不要做穿洋装的小公主，也不做甜甜的糖果小精灵。要做独一无二的乖小孩，世界上有波涛汹涌的紫色海洋、壮丽的冰蓝色日出，极地的天空上有热带鱼，而我要跷着脚躺在冰川上涂抹绿色口红！”

我：“我曾经有一位朋友，每次想起她，我就控制不住地悸动。每一次和她并肩坐在暮色下的花园里，站在阴风呼啸的鬼屋前，躲在温暖的西洋阅览室里，她总是在笑，我总是在看，每当这时，心里不由得想起那个调子：‘夜色多么好，心儿多爽朗，在这莫斯科郊外的晚上。’”

沸腾水星：“好奇怪，只有当我远离他们的时候，他们才叫我红玫瑰，叫我朱砂痣，一旦靠近就只剩下挑剔和职责，大家爱的都不是一个人的本身，是得不到的骚动。”

我：“斯蒂芬·金有一段话：‘把你的书桌摆到屋角，每次你坐下开始写作时，都要提醒自己为什么不把书桌摆在正中央，生活并非艺术创作的支撑，反之才对。’”

水星："我喜欢没有人知道我是谁的地方，我不必说自己的名字，不必透露任何个人信息，别人也一样。我们谈论宇宙、文学以及我曾经怯于表达的一切。他们叫我沸腾水星，叫我甜甜牛奶猫，不被人了解的感觉很安全，也很快乐。"

我："我为他欲擒故纵的高超手法着迷，我为他清汤寡水的轻蔑所窒息。他的爱恋和温和令我揪心、狂喜，他的无谓和缺席让我万劫不复。纵然我只是个自私的浑蛋，但我却如此执着地向他俯首称臣。你说，是我太贱了，还是所有人都这样？"

水星："我更喜欢在空间里和大家进行随时可以结束的无意义交流，因为我知道，一旦谈及罪恶、政治，还有其他那些非凡的东西，我就看起来很平庸、无趣，所以要显得自己有趣就要保持距离。"

我："有时候，我会突然头痛，突然感到现实和精神的世界不那么明确了。我在活死人、鬼神之间跌跌撞撞，我梦中的鬼屋前升起一轮恶月，邪恶的管风琴在轰鸣，眼翳一样的窗户砂纸像狂舞的幽灵，楼前的猫向我发出邀请，一只眼闪着蛇蝎之光。我咆哮着：'我，就是这里的主人。'"

水星："我讨厌恋爱，讨厌为一个普通人而变得平庸，讨厌那些千篇一律的无聊的甜言蜜语，我要的是危险，要的是无常，要的是真实的自由和诗歌。"

我："很多时候我希望能什么都不想，希望我的思绪像咖啡杯一样简单。命运的洪流总是滚滚向前，越是未知越是赋予它更多的意义。又想起《僵尸新娘》里的台词：‘命运会带你漂流到任何地方，说不定到某处更好。’无论如何，我在人间，缓缓向黄昏走去。”

水星：“我觉得不可思议，在匿名社交软件上仅仅是每天发一些无聊的废话和语句，就有人向我发出想要恋爱的邀请。好奇怪，真的有人会仅仅凭借几段文字就爱上一个素不相识的陌生人吗？这一切都是浑然不知的幻觉罢了，人的理智是追不上欲望的。”

我：“今天老师催着我交画画作业，但我就是不想画，我想写文章，也可能是我一时犯了浑，就是紧紧抱着电脑不动弹，打死也不想画。不知道是不是因为老师说我画得不好，天天讽刺我，妈妈气得砸折了我的画架，一切都是我的错。或许存在本身就是一件无奈又滑稽的事，我们终其一生只是为了证明自己灵魂的合理性。”

水星：“为什么那么多人不肯睁开眼睛看看真实的世界？我们中有人在痛苦，有人处在水深火热之中，有人被折磨，有人在哭，很多人死了，更多人生不如死。我从不因为残酷的现实而害怕哭泣，我怕的是虚伪的幸福。我要真实。”

我：“那天晚上爸爸来我宿舍外面要给我送东西，我从宿舍出去，当时正是人最多的时候。我迎着人群，逆着人流往外走。我看着那么多张面孔，看都看不过来，突然觉得特别害怕而孤独。太多故事、太多性格了。我没有选择地接受他们的小心接近、热烈的赞扬、无声的蔑视、不明所以的崇拜。千千万万张脸，千千万万个灵魂，千千万万条生命，美丽的、丑陋的、肥胖的、消瘦的，在这之中，无数种怀疑和比较也涌上我的心头。它们就像小时候海边脏兮兮的老头批发的弹珠，花花绿绿，被捆住堆在麻绳袋子里，袋子口一松，它们就碰撞着冲刺，带着令人头晕目眩的色彩向我涌来。其实，世界也在这时候滚滚而来。”

水星：“在当代年轻人普遍厌恶社交的状态下，坦白自己想交朋友更像是不合群的表现。但要怎么样嘛，我就是喜欢交朋友，喜欢新鲜血液，喜欢和不同的灵魂碰撞，我讨厌一成不变，我讨厌守着一样的人。不可以吗？我超诚实。”

我：“我也很喜欢交朋友，就是有时候朋友令我很失望！我真心诚意问别人要不要养火花，自娱自乐地说了半天，结果人家就回了我两个字！我的心也是独一无二的，凭什么不被他们放在眼里？我的喜欢也是很值钱的！哼，拜拜就拜拜！”

水星：“最近一次心动，是某次在宿舍里耽误了些时间，往教室跑的时候已经快打完自习课的上课铃了。他站在门口查勤，逮到人就扣分。我赶在铃声结束前的一秒钟从他面前进入教室，我甚至来不及看清他的脸。在我后面进来的朋友说：‘刚刚，他在看着门口笑欸。’”

我：“每天起床后都会觉得厌倦，在学校学习就是有一把枪始终抵在你的脑壳上，所以容不得你有丝毫的懈怠。但在家里就算是调动情绪维持专注都是一件很难的事，我的床、我的平板电脑、我的手机都在勾引我，我日渐力不从心。唉，病毒又是命运安排的什么小把戏？”

水星：“今天稿子终于写到十六万字啦。我时常想，写悬疑真是毫无逻辑可言，然后就自我怀疑不想写了。以前的话，我可能就放弃了，现在因为签了合同，就不能任性了。长大就是很多事情不能再任性。”

我：“我太喜欢《头号玩家》这部电影了，就是喜欢。里面呈现的幻想世界的归属感，如果用语言描述就太平庸了。我看一百遍也不为过。现实的特殊之处就在于，它是真实的。为什么我们就不能倒退回去呢？开启最大马力，挂上档。爸爸给我讲过一个故事，说当时东德[1]有一个规定：只要有人跨过柏林墙，就会被就地枪决。在柏林墙被拆毁的当天，有几个青年要越过柏林墙，却被守墙的卫兵当场枪毙，此时距离柏林墙被拆毁还有不到几小时。卫兵被带到法庭，声称自己是在履行职责，他没有错。但法官判了他有罪。法官说：‘你虽然有保护疆域的义务，但你却放弃了抬高枪口一英寸的权利。’真相和正义，谁更重要？”

水星：“我好像从没特别爱过谁，也没有恨过谁。‘讨厌’这个词离我太远了，好多人说我虚伪，但我不是，我只是懒惰。”

我：“人要是能一直干自己喜欢的事就好了，但是游戏大王哈利还是得面对那未完成的一跳，凡·高还是得接受自己一塌糊

1　即德意志民主共和国。1949年10月到1990年10月，存在于欧洲中部的社会主义国家。

涂的生活，迈克尔·杰克逊一生都生活在别人的误解和中伤里。所以啊，意识和灵魂都不可能纯粹。”

水星：“有时候我会莫名其妙想到我的初恋，他是那么优秀、自律又难以接近。如果我从没靠近过他就好了，如果那双眼睛一直是冷的就好了，如果我不知道他的手心那么柔软就好了，如果我不知道男孩的皮肤那么炽热就好了，我就不会怀疑他后来的冷酷，就像从没爱过我一样。”

我：“今天外面雾气重重，没有灯光从黑压压的山上照下来，仿佛整个世界都停止了。2020年按下了暂停键，太多东西需要重启，需要休息，需要冷静。有时候想想，这样也很好。”

水星：“我好喜欢十几岁啊，让人联想到盛夏、冰镇果汁、汗水，还有无限可能。”

我：“爱别人实在是无趣，比起那种恋爱、安心的感觉，我更喜欢玩弄和伤害，并不是我坏吧，我就是想把孤注一掷的美好狠狠砸在地上。对了，清明节你喜欢干什么呢，踏青还是写作？如果没有疫情的话，我们现在应该办清明诗会，真的很想欣赏那一番盛景！”

水星：“清明节啊？我并没有怎么注意过这个节日，也没有安排什么特别的活动。但我很喜欢‘清明’这两个字，下一个女主的名字就叫清明好了。最近很惆怅，因为主角设定不好而被迫调整，为什么文学的主角不可以是丑恶的呢？”

我：“我真的很讨厌莫名其妙的疏远，就是感觉自己的满腔热情，对方总是不以为意或者看不见，我这时候就会开始胡思乱想：她是不是听别的人说了什么啊？是不是我的行为太张扬了啊？原来我这么小心翼翼和伪装都没用啊！”

水星：“我讨厌莫名其妙的热情，太甜蜜的话、太迅速的发展都像是带有什么目的，令我反感。而且一旦我给予的回应不够，他们就会立马翻脸不认人，说我傲气什么的。这世界上哪有无缘无故的爱？却有无缘无故的恨。”

水星：“我有太多想法、太多灵感，我每天要和太多人交流、维持感情，接受太多纷乱的信息，我快要炸开了，从灵魂到身体。”

我：“我也很累，想象力太丰富，在一切美好的乌托邦中，我竟然孕育了一个怪物，他让我盲目，和我自己反目成仇。最重要的是，他比我聪明太多，也比我迅速太多。”

我：“绘画、文学、雕塑、舞蹈等种种都无法代表艺术，真正能为艺术代言的，应该只有自由。只有在没人要求的情况下，我画画才是最专注也是最享受的，而究其实质，任何规矩和任务都是对艺术的玷污。”

水星：“恋爱应该让人变得更温柔、更有底气，而不是患得患失、自卑、怀疑自己，如果那样，就不是好的恋爱吧。”

我：“越来越难控制自己，是我的原因还是别人的原因？有时候做了一件很过分的事情我会痛心疾首，说不定我的感受还不如下水道里的老鼠。我开始意识到自己并不特殊，我只是最丑陋和卑微的怪物，一切的界限都开始变得模糊，即使我再可恶又有谁会在乎？”

水星：“我真的好不想开学啊！即使一直被困在家里也比被困在学校要好。我不喜欢高中的老师、同学，不喜欢高中的一切。初中是我人生中最热烈、浪漫的三年，我好怀念。”

我：“很多男孩要到我的联系方式后会给我发信息夸我可爱，其实我不可爱。可惜的是，表象再怎么可爱，也有着无可辩解的真实感，起码脸比人心要靠谱多了，但那不是真的。”

水星：“爱你的表象也没有错，毕竟这世界上大多数人来去都匆匆，被看到的只有美丽的皮囊，就像抖音几秒钟的视频，除了这个人的鼻梁高不高、长得帅不帅，我们又从何了解这个陌生的灵魂更多呢？但你的可爱不仅仅在于外表，更在于奇妙的灵魂。”

我：“我其实很爱做梦，那些在现实中得不到的东西都会在梦里出现，温柔也好，成功也好。但是每每这时候，我的大脑里就会有个声音说：‘梦里什么都有，你还不明白？’我不应该把梦中的感情带到现实中，甚至妄想现实和梦境能有一些相似。”

水星：“你的自拍好好看呀！我今天听到几首歌，突然想起了我的初中。初中真好啊，喜欢的人在面前，最好的朋友在身边，那时候好像连悲伤都是带着甜的。”

我：“我希望他是我的恋人，即使只是在梦里。我和他在俄式别墅的木地板上坐着，彼此都不说话，只是拉着手，如此真实，连我们十指相扣时的细汗都能感受得到。突然多瑙河的水涌来，灌入我的喉咙和眼眶，我的眼睛痛苦得瞪圆，喉咙里发出丧尸般的咯咯声。在水波中，他看着我，但能相会，总是好的。”

水星：“我好像突然就和笔下的人物感同身受了，我突然觉得自己好残忍，替那个人物难受，他的一生都在拯救别人，却拯救不了自己，每次收获的幸福都是转瞬即逝的幻影。我是不是太残酷了？”

我：“看《居里夫人传》，我突然明白了一个道理：世界从未征求任何人的同意，就侵入了每个人。很多人被嘈杂、喧嚣淹没的那一刻就已经死去，但也有人顽强地保持清醒，形成一股洪流，让自己入侵世界。”

水星：“有时候我觉得，一个作者在写配角的时候往往比写主角写得好，配角的形象比主角的更丰满也更讨人喜欢，也许正是因为作者没有迫切地想让配角看起来完美的想法，这个角色才更灵动，而太迫切、太刻意的，往往就失了真。我讨厌上学，讨厌社交，讨厌在人群里，好烦。”

我：“我也烦上学，多希望永远上网课，不想面对未知，还有乱七八糟的事。”

水星：“有没有看昨晚的超级月亮？我好像已经过了对什么都感到好奇的年龄、对什么都需要参与一把的年纪。我已经不纠结于节日的仪式感、对称的日期和所谓最漂亮的月亮了。”

我：“梦想多么甜美，没有什么比得上梦想。即使遍地都是五彩石，我也要追求天上高贵的月亮。妈妈问我怎么才能斗志昂扬，我说，越难争取的，我就越要得到。其实这也算一种犯贱，但就是这么一个道理：比我高贵的践踏我，没我高贵的被我践踏。”

水星：“我好喜欢写天才——情感的天才、善于把控别人心理的天才、拥有无上文学天赋的天才，还有一无是处的天才。我喜欢天才，更喜欢天才的毁灭、天才的陨落、天才的死亡。我喜欢深陷泥潭的美、高悬于空的美。”

我：“黎明会带来婚纱，婚纱却将带我走进坟墓！我其实从未付出过爱，诸如此类的情节都是我编的，只不过都是恐怖、高超的铺垫而已，但再回头看时，我发现真正令我沉默的却是这些人物的情思。所以我告诉自己，爱和浪漫只需要存在于我小小的随笔本上就行了，爱需要保持其女神的光辉形象，而不需要在现实中被发现。”

水星：“我写‘在我爱上你的那一刻，我彻底失去了你’，写‘我这样爱你，你这样寂寞’，写情爱和无数浪漫的臆想，可这不代表我是个浪漫的人。我从不看月亮，不注重任何特殊的时刻，也厌烦断不了理还乱的关系，毕竟浪漫属于文学，而不属于平凡的人类。”

我：“我对帅哥和英俊的五官有超乎常人的狂热，可惜与丑妻才能共白头，爱情和生活不能兼得。”

水星：“我好想要疯狂的爱情啊！我想要血色的浪漫，想和恋人做一对鸳鸯大盗。当然，我只能想想，毕竟我们是二十一世纪追求真、善、美的三好青年。”

我：“今天的问题：是不是天才都容易得精神疾病？听说这

是由于过度思考引起的。我今天看了《教父》，虽然看起来很有趣，但如果真的身处其中也会痛苦吧。”

水星：“是啊，有时候我们渴望刀尖舐血的生活，只是因为离得远才觉得它刺激、有趣，真要过那样的生活，日复一日地提心吊胆，其实也蛮可怕的。”

我：“我忘不了曾经，忘不了初中的生活。高中的生活并不让人印象深刻，校园里阳光的味道很刺鼻。这里的圣诞节也很粗糙，全是写不完的作业和明晃晃的墙，我们唯一的消遣就是晚自习的时候装作老师，去吓唬那些在黑暗角落里不学习的同学。外面的雪花很吝啬地飘落，像挑剔的厨师在撒盐，过了一小会儿就不下了。我期待洪楼教堂的圣诞夜。我觉得这是无尽的黑暗。成年人的生活就是这样让人难受？天，真希望收回小时候说的‘渴望长大’之类的话。”

水星：“我永远记得，最后一次运动会，我跑了1500米。我喜欢却跟我分开了的男孩子，在我朋友的怂恿下报了一样的项目。上场前他对我挥了挥手，我突然就有了勇气。那是我们分开半年后第一次讲话，也是我们最后一次讲话。那天的天好蓝，阳光好灿烂，跑道好长，我突然就放下了。”

我：“我决定不再这么弱，一轮努力之后就被疲惫打垮，可这也很难啊！我讨厌日渐胖起来的破烂躯壳，讨厌我不稳定的精神状况。”

水星：“我好疲倦，我觉得我越来越看不清我想要的是什么。

我究竟将来想要做什么？我想要一个重新开始的机会，究竟怎样才行呢？”

我：“请你看看美丽的崂山。今天我的小狗在我脚边自娱自乐，一会儿张开嘴，一会儿很舒服地伸展短短胖胖的身体和小腿，很过瘾的样子。当狗也很不错。”

水星：“好久没来留言了。每年春天，我都有很长一段时间不想和人交流。似乎每次换季对我来说都是一次新生，迈不过去就会死在上一个冬天。所幸春天来了，我是不是也该获得新生了？”

我：“很多事情都已经远去了。春天并没有侵略性，如果你决意不出门，不去看刚开的花，大可不用感知它们的存在。但是春天可不是个没用的花瓶或者娇气的小姐，她用自己神秘的风暴带走了很多，同样也带来了很多。在新生面前，人总是显得很没安全感。那年在山东大学里常驻的春天、和丁香的合照，也仿佛是前世的事了。”

水星：“我想回到2019年的夏天——毕业那天和同桌蒙着一件校服分享一副耳机，中考后和朋友在迪士尼公园看烟火，午夜躺在床上打游戏、抢被子，和他们一起穿过长长的街。那是永远回不来的、美丽的夏天。”

我：“写作就是靠逼自己，这些往往都是当你内心最不计较利益时才会出现的财富。最近有新作品吗？好期待可以读一读。”

水星：“最近在写，但是感觉写得越多，自己就越克制。朋友失恋了，问我为什么她总在恋爱里当笨蛋，一次又一次，还不知悔改。可我觉得，有很多爱的人才有勇气去做笨蛋。2019年的夏天，我永远也忘不了2019年的夏天。那一年我得到了爱，这让我很惊喜，我一边忙着忘记以前的一切，一边享受着中考后劫后余生的感觉。但是高中让我感觉永远没有余生。”

水星：“感觉我又回到了小学，一个人发呆，放空，百无聊赖。我有太多的话不知从何说起，也不知道怎么去表达。即使被人群围绕，身处在热闹的环境中，我也无法融入，好像初中三年都是一场幻觉，我从来都是一个人。那年的记忆，只剩下教堂和大学里风吹动树的声音。”

水星：“人生苦短，爱意绵长，去生活吧，像没有明天一样。”

我：“永远不要回头看，别被所谓的旧爱、情怀冲昏了头脑，有些人并不值得。”

水星：“那天下午，我突然想起一些往事，想到我的初恋在跟我分手后，选择了我最讨厌的女孩子。时隔两年我依然想不通，明明我更漂亮，人缘也更好，各方面都比她优秀，为什么他偏偏选了那个平平无奇的女孩子。”

我：“文学家是人类灵魂的工程师，这也意味着他们的责任是重大的，他们不能肤浅。但我现在看到的更多的是一个个饥渴的人，通过文字尽情表达他们的欲望，没有爱可言，更没有灵魂可谈。”

无味之墓

君埋泉下泥销骨，

我寄人间雪满头。

一

My lover's got humor,

我的爱人很幽默，

She is the giggle at the funeral.

她会在葬礼上咯咯笑。

6月20日，我永远记得那一天，是的，永远忘不了。

我和同学们以前总是互相开玩笑，说“期末难，复习不完，考不好还要挨骂，可能活不过期末了”，但我们没想到这个玩笑也有不再好笑的那天。

那天一点也不热，空气潮湿，外面的雨总是下个不停，彻骨的严寒始终贯穿着我。

四点三十五分，第三节课下课，我趁着大课间去交那无关紧要的破材料——接下来的事发生之后，我才发现什么都是无关紧要的。

从政教处回来，就在三楼的拐角——左边是化学组和政史组，我经常去数卷子；右边是高一（26）班，走五步就到。瞧，我记得如此清楚，甚至连我刚入学那天在拐角的垃圾桶里扔了什么牌子的卫生纸都记得清楚——有很多老师，不只有26班的班主任，还有女副校长、团委主任、年级主任，他们把楼道堵得死死的。我记得那位女校长穿着她那件著名的红丝绒连衣裙——一般只有参加重大会议时她才会穿，看来她应该是临时跑来的。药味和空气中的霉味掺杂在一起，有的老师悄悄转过去面对墙，对着电话小声絮叨。

其他同学被隔绝在外，他们都想知道发生了什么，无头苍蝇一般压低声音互相讨论，淤青一般的声音在肮脏的瓷砖上碰撞着。

我没有接着上楼。

关于接下来的事情，我就记得极度模糊了。我记得我走过连廊，很多双眼睛看着我，从那时起，我心里就对发生了什么事有数了。

6月20日下午四点四十二分，我从小到大相伴长大的男孩刘子歆正式在26班书包橱旁边被宣告死亡。

等到我穿过拥挤的人群，透过缝隙看到他时，他正背靠着书包橱和卫生角之间的空隙，头耷拉着，一条胳膊搭在拖把桶上，手指没进桶中的污水里——那只手，我清晨牵过。我猜，他倒下的动作太猛烈，撞得桶里的水溅了出来，所以他那一半身体都被弄湿了。他的另一条胳膊落在小腹上，应该是从胸前滑落下去的。他修长的腿伸展在空地上，脚上仍然穿着那双我给他挑选的、作为他生日礼物的黑色耐克鞋。他那张一直带着痛苦表情的脸庞舒展开了，苍白、浮肿，但是很安静。他好像睡得很沉，一点也不嫌弃身下肮脏的地板，毕竟他曾经是那么一个自尊心强而讲究的人。他还能嫌弃吗？我想。

过了很久很久，我猜，应该有二十来分钟吧，我才意识到，曾经每天人声鼎沸的26班已经空空荡荡，众人都沉默地堵在前门和后门口，包括老师和本班的同学。只有我一个人站在教室里面，和这具尸体在一起。

我没有立刻退出去，按照往常，我很不愿意做这种和主流不同的事，但那天我一星半点也没考虑到这一点。

当时我想，如果我没有去交那无关紧要的材料，没有去交那可有可无的表格，如果我没有赔着笑脸地把那沓废纸送给政教老师，放弃这一次显摆的机会，而是来找他，听他念他昨天写好的诗，像以前无数个相安无事的下午大课间一样，一旦发现他有一点点异样就火速拨打120，这样的话，结局会不会不同？我的大脑并没有给出什么答案。两只麻雀在窗外的屋檐下躲雨，安静点躲着还不行，非得叽叽喳喳地叫个不停。我们的班主任，也就是高一年级主任，一只手拿着用来通知死讯的黑色手机，从一群老师里探出头来，透过眼镜看着我。我不知道他在想什么。另外，我也不知道其他所有人在想什么。

接下来的一节课，我按时上了，什么也没耽误。上课前，班主任体贴地让我先回教室。他说，如果我听不进去，可以趴在课桌上歇会儿或者和他去办公室谈谈。然后他表情沉重地目送我上楼。

然而我的身体一点也不重，反而感觉比平时要轻，我感觉自己清醒极了，我能听讲，我绝对能听讲。我像小鹿一样跳着上了楼，回到教室上英语课。

接下来，我的大脑彻底空白了。黑板上所有的字母突然都失去了意义，老师的声音有些奇怪，我无法分辨那是动物的声音还是人类的声音。一个画面一直盘踞在我的脑海里：辽阔的大海上，下着雨，云层之间有雷电。除此之外，我的大脑中空无一物。

我把头埋进臂弯里，确实不应该硬撑着，我心里明知自己听不进去。

“我想，我们不会就这样算了的。”

是子歆的声音。黑暗之中，我看到了他的脸庞。

就在那一瞬间，这世上所有的声音都被无限放大，开始轰炸我的耳朵：外面的脚步声震耳欲聋，男生的、女生的，熟悉的、陌生的，相关的、无关紧要的，都闯进了我的意识。

等等……是子歆吗？我感到一双孤独而从容的脚步声慢慢地走近了，我急切地将这脚步声和其他的噪声区分开。我没有睁开眼，因为睁开也什么都看不见。

子歆回来了！他上来找我了！他一定带着他的新手稿来给我

看，他不曾放弃过文学啊！我知道他很快就会从冷漠的人群中走出来，像顺着冰河而下的一条鲑鱼。然后他会敲敲我们班的后门，又会露出他绅士而羞涩的笑颜，瘦高的身躯挺拔地立着，被当作生日礼物的耐克鞋穿在他脚上。

然而那脚步声又走远了，先是变得细碎、平庸，然后就随着一切噪声消失了。

这个时候我才如梦初醒：子歆再不会来了。

我猛地睁开眼睛，目光和老师相接了一刹那，然后我转身飞一般跑下楼去。

通过雾蒙蒙的玻璃，我隐约看到了救护车，还有警车。我的双手像婴儿紧抓着妈妈的胸脯一般紧紧抓着栏杆，好像一旦离开它们，我就立刻会死去一般，我一圈一圈顺着塔楼楼梯，踉踉跄跄地下了楼。

倒是不晚，子歆还没有被带走。裹尸袋的拉链刚刚封存住他的脸，几个医生沉默地低着头，另一边一位老师倾着身子为他们撑起一把黑伞，他们转着身子把担架往救护车那边推。

那一刻，我的胸膛中仿佛有滚雷炸响，我最后一次大声嘶喊："子歆！"肃穆的教学楼中很多人被我惊动了。我冲下花坛，义无反顾地踩过曾经被我们两个认作秘密基地的一块柔软小空地，留下泥脚印。

几位老师后知后觉地抬起头朝我看来，我的班主任最先预感到不妙，在我持续朝他们冲刺时，他手忙脚乱地指来指去，让其他人拦住我。

可是已经晚了——我猛地冲到担架前，两个小医生受惊般下意识躲开了。

我努力把手伸向裹尸袋的拉链，雨滴细密地拍打在袋子上。

“同学，你……快冷静点！”一位年轻男老师抓住我的肩，让我无法继续向前，但显然他已经吓坏了：一是因为他从没处理过尸体，二是因为他从没见过追着尸体疯狂跑的孩子。

“控制住情绪，不要妨碍人家120办事……”一位女老师的声音弱弱地响起来。

“快回教室！”另一个人大吼，那语气里颐指气使的味，一听就是个领导。

但我其实很冷静，从很多方面都可以证明这一点。我既没有鬼哭狼嚎，也没有涕泗横流。相反，我的大脑清醒极了。我的行动迅速，因为我的内心深深清楚，我必须说完想要说的话，那感觉就像子歆要坐车离开，而我要追上他似的。

几名犹疑的警察准备往这边走来，看来他们之前不太想插手这件事，估计是觉得只要本校老师处理就好了，毕竟一个伤心欲绝的小姑娘也构不成什么威胁。

我眼疾手快，身子往旁边一晃，众人显然被我迷惑了，紧接着我迅速伸出手，准确地抓住裹尸袋的拉链。我要子歆的脸露出来，我要他面对我……

一群老师又迅速地过来制止我，但和我比起来，他们的动作太迟钝了。拉链已经被拉下来一段，我能看到子歆藏在黑暗袋子里那死气沉沉、乱糟糟的几缕头发。

他们急了，有人尖叫，有人大力推搡，人群乱作一团，我被挤在风暴的中心，我的右手更加用力地死死抓住拉链。

“老天，同学，你不要这个样子！”不远处一位女老师带着哭腔，惊恐地央求我。

我感觉到班主任正死死锢住我的肩膀，使足了蛮力往后拉。然而这并没有带给他们想要的结果。我反应也很快，发现局势改变便迅速变换姿势，两根食指都死死抠住裹尸袋。黑色袋子上积攒的雨水流向我的手心，让我想到了腐败和死亡。

最后，班主任一用力，我就向后跌倒在他身上。几个同样拽着我的老师一个踉跄，碰到担架上，裹尸袋向下滑，担架摇摇晃晃。最后，裹尸袋重重地摔在地上。

这时候，周围鸦雀无声，男老师、女老师，纷纷沉浸在恐惧和震惊中，石膏一般保持着原来的姿势定在原地。

但这不是我发呆的时候。雨仍在飘洒而下，带着一种令人颤抖的温度，总让人觉得它没有一点生的气息。

我艰难地走上前去，把裹尸袋翻过来，可怜的子歆安静得像个物体。然后我拉开了拉链。子歆的脸已经全然苍白，不是活物的颜色。他似乎并不介意我闹了这一通，照往常，像他这样低调的人肯定又要责怪我。几位女老师已经彻底崩溃了，一边尖叫，一边抽泣，人群中夹杂着干呕的声音。

雨水拍打在子歆的脸颊上，像要叫醒他。我能看到他黑漆漆的口腔里干燥的舌头。

“我想，我们的人生不会就这么算了的。”在我脑海中，那个仍然活着、穿着那双作为生日礼物的耐克鞋的子歆又说。

“远大前程，远大前程，远大前程，远大前程……”我看到他的脸上仿佛写满了这些字。

“你死了，你死了……那么我的下场呢？”我认真而严肃地问他。

他没说话，黑漆漆的口腔接着雨水。

我看着他紧闭的眼睛，数千个问题涌入我的脑海。我并没有亲吻他冰凉的嘴唇，同样，我也没哭。

二

Take me to church，

带我去教堂，

I' ll worship like a dog at the shrine of your lies.

我将像狗一样在你的谎言下俯首帖耳，

I' ll tell you my sins and you can sharpen your knife.

我忏悔我的罪恶，你大可磨快你的尖刀。

子歆的家人计划把葬礼安排在星期六，我有辅导班要上，所以没法参加。但我留出了时间用来慰问他的家人、拿回自己的东西。

那天中午我拨通了他妈妈的电话，这个时候她应该没那么忙，不用陪着宾客不停客套（前去吊唁的人里，幸灾乐祸的也不是没有），她应该能腾出点时间接我的电话。他妈妈是个强壮而且独立的女性，为人直爽，在自己儿子的事上决不妥协。她对我一直挺好，不过这么长时间以来我跟她的关系算不上多么亲密。他爸爸常年在外经商，是一个比较开明的人，但一直活在他妈妈的控制之下。

我等了好一会儿，她才接电话。

"喂？"

"阿姨，我是月月。"

"哦，是月月啊，你好，你好。"她的声音听起来很疲惫，但还勉强装作热情。

"那个，很抱歉，我今天没法去。"我咽了口唾沫，始终没说出"葬礼"这个词。

"没关系的，我知道你忙。以后等放假了再来也行，你来……"她的声音突然哽住了，她是把"来找我儿子一起学习"这句话生生咽了回去。她的哽咽是那样干涩，仿佛这句话锋利地划破了她的喉咙。

接下来是长久的沉默。

“我……我真的很抱歉。我那天下午正好没和他在一起……我去交材料了，我——”

她打断了我：“不要责怪自己，有句话叫‘人命在天’，既然事情已经发生了，你就不要再回想了。”

“嗯，我很抱歉，他走的那天我还捣乱了。”

“没关系。”这句话听起来冷冰冰的。

我不知道还应该说些什么，我从来就不擅长安慰别人，其实我的社交能力挺有问题的。

“月月，你知道他最后一次月考考了多少分吗？”

我想了想，编了一个数：“三科成绩390分。”

“哦，这样啊。”她的声音听起来轻松些了，“月月，你一定要好好生活，好好学习。”

“我会的，阿姨，谢谢你。”

“对了，子歆这里还有一些你以前送给他的东西，我想想……”她停顿了一下，“有两本手稿，还有一些你旅游回来送他的画，还有钢笔。你改天来吧，我收拾一个盒子还给你。”这句话就像一把刀插到我的心脏上。

那两本手稿里是我们以前写的随笔和诗，我们每天都会交换手稿本。我以前从来没有想象过两本稿子在一起是什么情形。

电话那头传来嗡嗡的说话声，看来是有新的宾客到了，子歆妈妈把电话拿远了些，跟对方说着什么，我能听见葬礼大厅里悲怆的低声细语。

“行，月月，我得挂了。这边的事情还有点忙，我得维持一下秩序，他的姥姥、姥爷，还有一些亲人有些激动，我得……”又一是阵嘈杂，她听起来已经心不在焉了，“说到哪儿了？我得去维持……维持秩序。”

“好，阿姨，您忙吧，我一会儿也要上课了。”

我正准备挂电话，那边又把我叫住了：“月月，你能不能告诉阿姨，就是为什么……为什么会这样呢？”她问我，声音里带着极大的悲楚和不解。

“心脏病。”我说。

“直接死因确实是这个，但是……有没有间接原因呢？”

“我不了解，我说了我那天没和他在一起。”

“我不是说这个啊，月月。我是说……会不会……会不会跟什么所谓的抑郁症有关系？”她突然这样问我。

“我觉得不会，我们很多同学都抑郁，他们也没死。”我觉得我这句话说得特别无情。她像受了鞭挞一般猛地收住了声音。

“阿姨，我真的要上课了。再见，您节哀顺变。”我说完就挂了电话。

我把手机放进书包夹层，拉上两层拉链。这个时候，物理老师走进了教室，空荡的走廊里静悄悄的，我觉得自己像蚂蚁一样渺小。

三

Don’t cut me down, throw me out, leave me here to waste,

不要让我支离破碎，不要把我丢在原地，不要留我独自一人，

I once was a man with dignity and grace,

我曾经是那样一个有尊严、优雅的人，

Now I am slipping through the cracks of your cold embrace,

而现在我正从你冰冷的怀抱中溜走，

So，please, please。

所以，算我求求你。

周日返校之前，我前往子歆家，准备把他妈妈要交给我的东西带走。

当时，子歆爸爸正坐在客厅里，两只手交叠着，低垂的脸上并没有什么表情。

“叔叔好。”子歆妈妈淡漠地瞟了我一眼，他爸爸抬起头来，我看着他那双充满血丝的眼睛说。

“月月来了。”他背台词一般地说。

“我们去里边拿东西了。”子歆妈妈放下这句话。

曾经我们一起玩的房间里，所有东西都被蒙上了白布，就仿佛废弃很久了，但其实他死了也不过两三天。

子歆妈妈在空旷、落了尘土的房间里转了一圈，找到了那个原来用来装水果的中等大小的塑料盒子，里面的东西码得整整齐齐。

“给。”她端过来塞给我。

在我拿到盒子的一瞬间，某个一直使我保持平衡的东西突然消失了，我感觉自己的身体轻飘飘的，仿佛要飞到天上去。

我与这个老房间道了别。

“月月，不再坐坐？你中午吃饭了吗，要不留在这里吃了饭再走？”子歆爸爸猛地发声。

我看得出他是很迫切地想找人说说话，算是在央求我。我正要应答，只见子歆妈妈快速地看了他一眼，他便不再作声了。接着她转过头来盯着我的额头，一只手放在我背后，力道不大不小地将我往玄关那边推。这让我很不安且感到很受伤，我只好离开了。

回到家里，我连外套和鞋都没脱，就直接抱着那个盒子走进了卧室。

我把里面的东西一样一样拿出来，像海盗细数宝藏箱里的珍宝一样。

里面一共有四幅画，并不大，都是我在欧洲旅游的时候买回来的袖珍版。其中一幅是我在法国买的《大革命》，我把它翻过来，后面有我写的一句话：“这是造反吗？不是的，这是革命。”

我急切地检查每一幅画，希望能找到子歆留下的只言片语，然而并没有。

还有一幅是《斗牛》，画里是一头满脸鲜血的棕色公牛，它正扭过头来看着画对面的人。在这幅画的角上，有我用摩斯密码写着的四个字——永不言败。

啊！我记得子歆也曾经像这头斗牛一样满脸鲜血。只不过他脸上的伤实在太多了，出的血也太多了，他再也没有反击的力量了。

这四幅画下面有一堆小纪念品，有我从教堂买的手串、小神像，还有一个我从日本带回来的玉桂狗小挂件——我们两个一人一个，我让他挂在包上。“太女气了吧，这个。”他当时嚷嚷着拒绝，但直到他死，那个白色的小玉桂狗还挂在他的包上。

还有一本《万有引力之虹》，这是我们学校图书馆义卖的时候我买下来的。我买它，纯粹是为了和子歆一起共赏奇文，嘲笑它的晦涩。“不是吧？就连看书也逃不过什么乱七八糟的物理啊！”他当时这样抱怨，佯装痛苦地从沙发上滚到地毯上。但后来我们竟然硬是花了两个下午看完了这本书，这真算个奇迹。

拿开这本书，还有两本手稿，其中一本的时代久远一些，封皮已经破损得厉害了。在另一本上，我上周一刚刚写下最后一句话，然后放到26班他的桌洞里。

我打开第一本，里面满满的都是我们幼年无尽蓬勃的幻想，久违了——关于时间旅行，关于文学，关于一切。我们当时自大地认为自己将来就是考清华大学、北京大学的料，我们会成为当代最伟大的文学家。我们乐于在文字中交流，乐于思考，但是显然这让我们在现实中没多少朋友，本身我也懒得跟别人打交道。但我们乐在其中。“谁需要那些狐朋狗友呢？”这是子歆的原话。

我们在那段快活的时光里无忧无虑，和其他所有将来会没入平庸的人一样，无知的双脚终将落在巨大世界上的一角。我们的学习成绩也是不错的，由于那个时候没有压力，所以我们并不把学习当作什么苦差事。我们钻研历史、地理，并把那些美好的意象应用到文章中。然后我们发现现实并非想象中那么美好。随着慢慢长大，子歆从他曾经班级前五的宝座上掉了下来，但他不怎么在乎这个，没什么能阻止他活在自己的世界里。我的学习成绩更差，本来我就偏科严重，加上夜以继日地疲劳应战考试，学业表现更是不好。但我比子歆要现实，我开始了一波又一波的屡败屡战，屡战屡败。六次期末，六次期中，十多次月考，我用尽了方法，用尽了力，成绩仍然没有什么改观。但即使这样，我也没有消沉，这都归功于子歆——至少他还带着他浪漫的信仰活在世上。也因为他，我总隐隐地相信，这世上是有浪漫的，有更加空灵通透的境界，有更加自由、无所畏惧的生活方式，那是和一天又一天咀嚼着无味的知识不同的生活方式。还有充满希望的未来，那是和数以千计的人成年后被当作一批一批的燃料输入世界的大火炉中不一样的未来。

我翻到一篇叫作《无耻》的诗，我曾经为了它骄傲了挺长时间。

“什么是无耻？”我刚把这首诗拿给子歆看时，他修长的身体靠在我的写字台上，好奇地问。

“你自己看看不就知道了？”我拿出数学作业开始写，背朝着他偷偷笑。

“希望不是你又变相讽刺我，你这个小讽刺家。”他撇撇嘴。

但其实那是一首赞歌、一首欢乐颂，通篇洋溢着希望和勇气，铿锵有力。

这首诗中的无耻是指屈服于世俗和无谓执念的无耻，指毫无独立思考能力的无耻，臣服认同世俗所认为的无耻，这才是作为一个青年最大的无耻。

“我的天，你这个，你这个……”他读完之后，扶着额头，一时语塞，但惊喜的表情已经在他脸上蔓延开。看来我这首诗确实写得不错，我自豪地想。

“怎么样？”我故作无知地问他。

“还能怎么样？肯定是好啊！”他奇怪地看着我，“确实挺巧妙的，嘿！”

“我看之前真没想到会是这个意思。无论如何，你没拿我逗乐，我就很感恩戴德了。”他夸张地双手合十放到头顶。我笑着打他。

闹了一会儿，他整理整理衣服，说：“对了，跟你说个事吧。”

“什么？”

“那个……我妈妈最近很不高兴，因为我的成绩……你明白吧？”他有点颓败地说。

“所以呢？”

“我可能最近不能找你了，也不能写东西了。”

“行。”

他垂着眼。

“我觉得你也该现实点了。”我冷硬地说。

他极为受伤地看向我，这是他想不到的。

“什么叫现实点？”

“我是说，你得学习了。”

“可我没有不学习啊……我现在只有周末才写文章——”他无力地说，那声音里没有丝毫希望。

“你也不看看你的成绩差成什么样了？你得自己考虑考虑了。”我打断了他。说出这句话后，我就有点后悔，但没那么后悔。

“你说什么？”他像是被打了一巴掌。

我没再继续说下去。窗外的竹子被日暮染成紫色。

“想不到你也这么说我。”他说。

他死了，我才知道“恶语伤人六月寒”是一个多么生动的词。

我把那两本手稿翻了一遍又一遍，一个字、一个字仔细地查找，希望能找到子歆死之前最后在这些文章上做的批注，就仿佛他能预感到自己的死期似的，把这些话提前写下来留给我。但同样令人失望的是，还是一无所有。

一无所有。浪漫真的死了。从他死到现在，我一次也没哭过，每天按时睡觉，按时起床，夜夜无梦。直到这一刻。我向后摔在床上，把手稿抱在胸前，眼睛盯着天花板，开始号啕大哭。我告诉自己，子歆真的死了，被上帝接走了，去另外一个世界了，反正他不会回来了。他不会再用那张嘴说出令人惊叹的奇思妙想，他也不会用身体继续背负着他爸爸妈妈施加给他的无尽沉重的包袱。他也不用经历做那么多题、上那么多年学、受那么多苦，最终成为一个普通人的过程，而是直接跳到了结尾。这么多年，这么多事，全都结束了。就像是电视剧大结局的片尾曲，无数个关于他的画面交替着在我的脑海里闪现。我紧紧抱着手稿，巨大的、空虚的孤独紧紧抱着我。然后我睡过去了。

然而我多希望能让我停下脚步，一觉睡过头，说不定醒来的时候就不用返校了。可这是不可能的。妈妈准点把我叫醒了，我的眼睛被泪水浸泡后肿得睁不开，我不能这样见人，我不能。

傍晚，我仍然奔赴学校。

四

My limbo is a beating drum,

我的生命力就像敲打着的鼓，

Everything is yet to come,

一切还远没有到来,

Lizard king that I become,

我将变成蜥蜴之王,

Everything is yet to blend,

一切还远没有一团糟,

Mixing with my dirty friend。

和我肮脏的朋友混在一起。

后来我听说子歆被葬在山东大学地下图书馆的墓室里，那里原来是属于教堂的专属墓室，后来一半被改作了大学的图书馆。这样很好，毕竟我们都是山大附中的，那是他长大的地方。

早晨醒来，我头痛欲裂，因为我做了一个关于子歆的梦。梦中，他正在红色大厅里领他的诺贝尔文学奖。紧接着，门被“砰”地打开，巨大的抗抑郁药片像海啸一样涌进大厅，他被淹没在里面。这个梦很荒唐，还导致我头疼了一节早自习。

今天，我有团支书述职要做，还得抓紧时间写稿子。

自从子歆出事，很多同学更不怎么和我说话了，可能是顾及我的心情吧，我想。毕竟我从来不主动和别人交流，可能他们认为不来烦我最好。但我还是希望他们能来跟我说说话。没办法，日子变得更加无聊而且难以度过，我只能一遍遍翻看着那两本手稿，就当作跟子歆交谈了。

我的那篇《蜘蛛网》虽然已经写了三万多字，但到现在还没写完。这篇文章几乎可以算是我和子歆一个字、一个字抠出来的，修改了好多遍，推演了无数遍逻辑。我的写作经常因为学习上的各种事被打断，一被打断我就烦躁。毕竟在这所军事化管理的学校中，文学创作是不应该存在的。但子歆一直鼓励我，让我尽力完成。我几乎每写一页就拿给他看。

“《蜘蛛网》？”我每次去26班找他时，他都会回过头用眼神询问。

“对。”我用眼神回应他，然后他就兴高采烈地冲过来，夺过本子，连坐下都来不及就开始读。

其实，回过头去看看，那个时候我的小说语言很啰唆，每个句子都很长，我想让每个细节都完美，反而失了重点，但是当时子歆那沉浸其中的样子一点也没有让我意识到这些。我会和他探讨一些已有的结构，在这些事上，我毫无保留地告诉他我的想法和设计。但是，即使结局早就已经想好了，我也从来不肯给子歆剧透。每次读完，他都会缠着我，让我告诉他下一步会发生什么。有时候他不要脸一点，会直接问我要结局。我肯定不能告诉他，他只要一问，我就转身离开。他没办法，只能从背后朝我喊：“别藏着掖着啦，我早晚都会知道的。”

真的吗，子歆？真的吗？

下午大课间——子歆送了命的那个大课间——每到来一次，

我的心就被刺痛一次。同学们都带着滑板下楼滑去了，我也想加入，我最喜欢的运动就是滑滑板。但我拖不动自己的身躯。

到点了，我该去述职了。

在前往报告厅的路上，我碰到了隔壁班的团支书，她倒是很热情。

“嘿，来了？”她在后面招呼我，我就停下来等她。

“唉，又得去受罪了。”我苦笑道。

“对啊！我今天下午才接到通知，你说，这些老师也真是的。我政治课都没听，光写报告去了。”她特别认同地大声朝我抱怨。

“是吗，你们班怎么通知那么晚？我昨天知道的。”我耸耸肩。

“唉，反正写报告是真遭罪啊！全年级的工作都是一样的，你说，怎么才能突出自己班级的特色啊？”

“就是。听报告也很受罪，那些话都千篇一律的。但老师在旁边盯着，又不能开小差，必须得装作特别认真。”我说。

“哦，对了，上周那个被拉走的男的怎么样了？”现在，她的眼里倒是真正闪耀起光彩了。

“呃……我不知道怎么跟你说。”

“怎么了？你说，你说。”她的眼睛亮闪闪的，紧紧地盯着我。

我抬起眼睛，看着前方走廊尽头窗外的虚空，尽量让自己像个局外人。

“他好像死了。”

“死了？！”她一不留神大叫出来，接着环顾四周，捂住了嘴。

“怎么会？他到底怎么了？有人说他是癫痫发作了。我上初中的时候见过人发癫痫，可吓人了，那人就躺在一摊尿里抽搐。”

“不是的，他其实是心脏病发作。”

“咱这个年龄还会得心脏病？”

我耸耸肩。

“我的天，真想不到，真的会有同龄人夭折……”接着她又自言自语絮叨了一大堆。

我想起子歆抑郁症发作时满头大汗、惨白的脸。

“其实，他有抑郁症。”

她奇怪地看着我，有点意外地轻轻“啊”了一声。

“真的有人会因为抑郁症而死吗？”她好笑地说。

“我不清楚……”

“他还是个男生啊，太矫情了吧？”

“这个……”

“没想到事情竟然是这样的，我们班也有讨论他的，但应该都不了解。我现在也算掌握前沿消息了。”她有点自豪地说，接着深吸一口气，像是在我这儿得到了不得了的消息。

“好吧，那我先过去了，一会儿加油啊！你们班还挺厉害的。”她笑着说完，扭着胖乎乎的身体很利索地走了。

“其实，我认识他……”我说，但她好像没听见，但这并不可能，连廊里只有我们两个，况且她走得不算远。

“他是我最好的朋友……”我看出她是不在乎，于是我放弃了，也向报告厅赶去。

那天，我的述职做得一塌糊涂。

五

我是一只黑色独角兽，
我是雄性耀斑，
如果你根本不了解我，
没关系，我不在乎。
完全的、该死的、孤独的人，
你可以就这么占领我、代替我，
但我知道你不会。

说实在的，自从第二周过后，我的日子变得异常难熬。噩梦开始夜夜纠缠我，我经常半夜惊醒，然后心跳加速，很久都睡不着。早上起床，我通常头痛欲裂，疲惫至极，就好像一夜没睡似的。我也想杀死伤痛。

我对上学充满了抵触，但要非说还有什么能支撑着我活下去的话，那就是未完成的《蜘蛛网》。莫名地，我认定它就是子歆生命的延续，即使他根本不可能再读它了。但只要我还在构思、修改、续写，我就觉得有人陪伴、有人期待，就好像到了下一个课间，我还要拿着它下楼去26班找子歆，塞给他继续读一样。

我尽量让自己专注，不受其他乱七八糟的事影响，就像子歆希望的那样潜心写作，虽然在他活着的时候我从来没做到过。

下午大课间，我再没下去玩过，而是一个人在空荡荡的教室里写作。有时候学生会的同学来检查卫生，会吓我一跳。他们可能会质疑，为什么会有人在别人疯玩的时候独自在班里写作业，他们可能会认为我是怪胎，认为我得了自闭症，认为我是书呆子。以前我会在意这些，但现在我不会。其实平时课间也会有很多同学在我身后小声讨论我，他们可能认为我疯了，受的打击太大了，我当然不是如此。

《蜘蛛网》讲的是一个长着蜘蛛身体的绅士独自住在镇子里一栋老别墅里，他在屋子里织满了各种网，用来捕食麻雀和蜻蜓。他天真、善良、教养良好，为镇子做了不少好事。但人人以为他是怪物，一定要把他赶出镇子，没有什么理由。蜘蛛绅士很伤心。镇子上有很多不良青少年，有一次他们不小心把一个小男孩打死了。情急之下，他们把小男孩的尸体藏在了蜘蛛绅士别墅里蜘蛛网的深处。从此以后，越来越多的人听说了这个办法，于是他们杀了人之后都把尸体藏进那些错综复杂的网里。

我目前写到了这里，当然这只是简要的脉络，展开的故事情节会更加跌宕起伏。我本来计划的结局是小男孩愤怒的母亲听说尸体藏在蜘蛛绅士的别墅里，认定一定是蜘蛛绅士下的毒手，结果闯入别墅后有去无回。其实她只是被网困住了，并没有死。镇上的人见她一直没回家，就认为谣言成真，于是拿着火把冲进别墅，烧光了蜘蛛网，就这样发现了散落在各处的尸体。在众人的迫害下，蜘蛛绅士百口莫辩，最后把自己织进网里，在对人性的失望中死去了。

现在回头看看，我觉得有必要改改结局。

我想起子歆每一次问我结局时那天真而无比期待的表情。我知道他期待的不仅仅是故事本身，还有人性。如果他真的看到我之前预想的这个结局，恐怕会很伤心。我翻开本子，掏出自动铅笔，在本子后半部分的某一页空白处轻轻写上这样一段话："蜘蛛绅士最后没有死，更没有消失在自己的网中，而是在陌生的黑暗中勇敢地存活下来。他始终相信这世上总有一片海岸是属于他的，在那里他可以把所有幻想存放进去，把对美好生活的期待存放进去，他不会死，反而化茧成蝶了。"

写完之后，我感到内心瞬间平静了很多，像是完成了一件很久没有完成的事。在某种意义上，我觉得子歆也知道结局了。

我依旧上课，依旧复习。

上课的时候，我时常感觉自己根本就不适合待在人群里。那么多沉默的时间，那么多隔阂存在。我身处其中是那样不自在，并且无法呼吸，就像一条鱼曝露在空气中。

我发现自己很难再集中注意力听课，但我的内心清楚自己必须慢慢调整，总得经历一个过程，所以我并不担心。

那么，走神的时候，我在想什么呢？空虚和迷茫成了惯常的感觉，但我会尽量驱散它们。除此之外，我会不自主地感到孤独。我猜我的同学私底下说我说得更多了，毕竟我表现得不太正常了。我并没有体验过小姑娘——闺密——之间吐槽别人的感觉，她们说别人的时候会感到快乐吗？我觉得会。把自己的注意力从自身的可悲上移开，何尝不算喘了口气呢？

依旧是上晚自习。

我以前都没意识到晚自习的时间这么长，我算了算，从六点二十分开始，到九点四十五分结束，除去中间的十分钟课间，足足有三个小时十五分钟。

这两天做梦，做得挺累，我打算第一节晚自习结束作业，然后在剩下的一节晚自习上睡会儿觉。

晚自习中间写数学几何作业的时候，我做了一条辅助线（但后来我才发现做错了），那条线段标的名称是SB，这让我笑了将近半分钟，直到别人回过头来看我，我才不情愿地忍住。虽然做错了，但最终我还是打算留着这条线，没擦掉。

七点三十分的时候，外面开始下雨，刮起了小风。闷热的气息透过窗口，飘了进来。

课间休息时，同学们总是很爱闹的。两个男生互相揪着衣服咬牙切齿，都盘算着趁对方不注意时对对方的裆部发动闪电般的袭击。女生们簇拥在外面楼道的窗边，全都端着杯子，徐徐地试着喝里面的热水。她们时不时爆发出大笑声，然而我并不知道她们在笑什么，所以听起来就觉得格外唐突，硬石般硌着我，总不肯尽兴，也总不肯消失。

我只是独自守着一扇窗户。

我从没发现学校里的树是这样郁郁葱葱，拉开窗子看去，它们就仿佛午夜的热带雨林。雨水在黑暗中拍打着树叶，温柔的风中，树冠像风情万种的美人，睡意惺忪地扭动着身子。

我又想起子歆了。

趁着我慌神，眼泪想要趁机滑下，但被机灵的我立刻止住了，虽然有一滴顺着我的脸淌了下来，但我知道，没多大关系。在公共场合是不可以哭的。

“可千万别出什么乱子。”我用滑稽的声音模仿《套中人》里的别里科夫，轻松地自言自语道。

然而事情总是不尽如人意，第二节晚自习我也没能睡个好觉，还是做梦了。我梦见自己身在那个教堂里——哦，就是山大附中对面的教堂。那里面不知道什么时候变得格外金碧辉煌，像一个皇家大剧院。圣母像挂在墙上，它的头上是穹顶，下面金色的灯光照不到它，它显得略微灰暗。彩玻璃、祭坛蜡烛、油画都显得极其生动。观众席一层又一层，高而陡峭。

我已经穿着正装入席。每两个座位之间有一张蒙着白色蕾丝桌布的小方桌，上面有巴洛克式的台灯，为绅士们和淑女们在开场灯光暗下来后照明。

我还记得我是要等子歆的。我向后望去，看到的都是我以前的同学，他们也全着正装，可他们的男伴、女伴都到齐了。我心里感到焦急，朝入口张望着，一直没有看见子歆。

后来发生的事就都模糊了，演的是什么剧、我们究竟为什么要隆重着装地出席都已经忘记了，我只记得我等了子歆很久，很久很久。我不断地抠着桌布，落寞地盯着我的蕾丝手套，听着后面男女的窃窃私语和笑声。我安慰自己，说不定下一秒子歆就会推门进来，我在梦中一丝一毫也没意识到子歆已经死去了。我看着台灯，心里还在打算着，如果一会儿看戏觉得无聊了，可以点起灯来让子歆读我新写的《蜘蛛网》……

然而等到下课铃打响，我被惊醒，梦里的我都没有等到子歆。

我醒来以后，班里的同学都已经吵吵嚷嚷地收拾好东西，准备往宿舍赶了。我从桌子上爬起来，把桌子上的东西往旁边推了推，用手盖住脸，然后使出我有生以来最大的力道搓着眼睛。

迷糊中，我想起来很早以前听过的一句话："如果把非洲的红蚂蚁杀死，他们并不会被打倒；如果把一群蚂蚁都扔进水里溺死，他们也不会放弃。但如果捣毁了他们的巢穴，那他们的精神和身体在这世间就再也没有依托了。"

我再也觉不出我在这世间有什么容身之处了。

六

All my friends are heathens, take it slow,

我所有的朋友都是异教徒，不要着急，

Wait for them to ask you who you know.

等着他们来跟你打探。

Please don’t make any sudden moves,

请不要轻举妄动，

You don’t know the half of the abused.

否则后果会很严重。

We don’t deal with outsiders very well,

我们对外来者都不友好，

They say newcomers have a curtain smell.

他们说新来的都有股味道。

You have trust issues, not to mention.

更不用说你有信任危机。

You’ll never know the psychopath sitting next to you.

你永远不会知道坐在你旁边的人是个变态。

You’ll never know the murderer sitting next to you.

你永远不会知道坐在你旁边的人是个杀人犯。

You' ll think, how' d I get here sitting next to you?

你会想，我怎么会坐在你旁边？

But after all I' ve said, please don' t forget.

我毕竟说过，请不要忘记。

第二天上午大课间，班主任叫我过去谈话。

我知道班主任早晚得找我，所以当有同学在门口叫我的时候，我内心没多大波动，但是能不跟着下去做那傻里傻气的课间操，也是好的。

进办公室之前，我就已经在脑海里构想出班主任要说的那一套说辞了："别伤心？节哀？我很理解你的心情？"

我推门而入的时候，他正在打电话，一见到我就抓紧跟电话那边的人告别，说："她来了。"

我知道今天的主角是我。

"那个，你最近状态怎么样？"我麻木而不客气地一屁股坐到办公室沙发上时，他问。

"我觉得还行吧。"

他停顿了一会儿，说："我知道你朋友发生的那些事……我很心疼他，也很心疼你，你说，好好的大男孩怎么说没就没了呢？"

行了，他开始了。

"嗯。"我说。

"但是，咱们活着的人的生活还在继续，对不对？你还有你的未来，别忘了。”

未来？什么未来？就是像他以前教过的学生一样，满怀着不切实际的骄傲学完三年，然后被不知不觉地当作炮灰？

“对。”

“再说了，其实他跟你也只是朋友而已，也不是你的亲哥哥或者表哥、堂哥，你说，你要是一直为了这件事萎靡不振，是不是有点过了？”他停顿片刻，意识到自己用词不当，于是接着说，“是不是对咱来说有点亏？”他看着我，从他的真诚中确实能看出，他是把他内心确信的东西毫无保留地教授给我了。

“也是。”但是……我觉得要立刻调整过来也没那么容易。

听我这么说，他松了口气。

“呃，是这样的，马上就要期末考试了，应该还有一个月左右。我觉得……其实人只要有目标，没有什么是不能克服的。这次期末考试，不光你自己重视，你的爸爸妈妈也很重视，你是要让他们刮目相看的，对吧？特殊时期，我还是希望你能尽快调整，再快点。别的同学都在努力，咱们也不能耽误。”

“期末考试……您说得对。那您认为我接下来该怎么做呢？”

“尽量和别的同学一样吧。说实话……毕竟他的死又不是你造成的，不要耽误自己，对吧？”

“对。”我喃喃地说。此时我觉得我和刚刚进门前的那个我仿佛两个人。

“反正你自己想想吧，自己把握。”他茫然地盯着面前桌子上的笔筒，宣告什么一般地说。

回到教室，我想了很多：确实不能再继续这样下去了，先不谈他说的是不是都对，但“期末考试”四个字确实如火星一般点醒了我。没有多少时间留给我慢慢调整了，假如我再止步不前，那么高考是不会同意的，爸爸妈妈是不会同意的，“前程”是不会同意的，他们的意见，我不敢不从。

彼虽死，我仍存焉。生活的债、人生的债，我仍然得慢慢还，我仍然得背负着沉重的一切继续向前，继续竞争、努力，并且持续地远离什么人生的真谛，我就像笼子里用来逗着玩的蝈蝈。

没什么比成绩现实。

老实说，我不是一个愿意花很多时间去思考、计划自己将来的人，比如考什么大学、考几分、去哪个城市、将来报哪个专业，去哪个公司挣大钱、九九六的空闲里追什么剧、和丈夫结婚后家里财政谁管、去谁家过年、生了孩子怎么带……但其实后来我发现，这种消极的思想是不好的。因为既然想要在世俗中生活，就必须花所有精力去思考如何生活，不能任性。

我以前也会想，以后如果和子歆结婚了会怎么样。但这个念头转瞬即逝，我笑笑也就过了。我并不知道爱情是什么，也懒得知道。因为我和子歆的关系实在太稳定了，太理想了，所以我不会去想什么人情世故和种种定义。我和子歆的感情算是那些早恋男女口中的“爱”吗？还是说就像大人说的那般，我们以为是，却又不是？

他在的时候，我们懒得讨论这些世俗的东西。

有一次在他练字的时候，我跟他提出“未来”这个概念。那是一个周六上午，前一天晚上我们已经比赛写完作业了。

“这有什么可想的，这样的人生，我一眼就能望到头。”

“我们很多同学现在的梦想就是一夜暴富，将来挣大钱。”我说。

“哦？那不也挺好？我也很想一夜暴富，有钱之后我就去环游世界，挨个拜访那些大家的故居。”子歆心中的英雄是凡·高，我知道，他以前参观美术馆回来都会带给我凡·高的小画。

“我猜猜，你是不是最想去荷兰？”我心里想着凡·高，说。

他这才略微惊喜地转过脸来：“你怎么知道？”

“读心术，就是这么厉害。”

他看着我的脸，露出那种可爱又显得很聪明的表情，过了一会儿才说：“我知道了，你是记得我喜欢凡·高，没想到你这么细心，都知道他是我内心的唯一。”

我还嘴硬：“我就是会读心术。”

“还犟，你行啊！”

“我真没犟。”我扬起下巴，高傲地说。

“你可真能光明正大地放屁。好啊，你倒是给我表演一个。”

我装作思考，然后说：“行倒是行，但是我得打开你的眼睛才能看到里面。”

说完，我大笑着把他扑倒在地毯上，用手扒开他的眼皮，他一边咯咯笑着，一边试图把我推开。

“你看到什么了？”他问我。

我笑得喘不过气来，但还是努力控制住他不断挥舞的手臂，说：“你别老乱动弹！我看不清了！”

这是我们从小到大的玩耍方式，从未觉得有什么不妥。

笑了好久，我从他身上下来，和他并排躺在地毯上。

“不过，你就真的没考虑过将来吗？干什么工作、娶什么妻子，还有买房买车的事？”

“当作家，其他的没想过。”他意犹未尽地说，嘴角还挂着笑容，清澈的眼睛看着窗外的竹子。

“可是我觉得你爸爸妈妈并不是很想让你当作家。而且……”我想了想，接着说，“当作家没有什么福利和保障，在社会上也没什么地位，你要知道，在这社会上，没地位是不行的，你爸妈想让你考公务员。”

“这没关系。”我能看出他对我说的话有极大的不满，但他还是这么说。

“那将来的婚姻呢？”

他摇摇头，打了个哈欠，转身从茶几上拿来一瓶雪碧，“砰”地打开。

“没有意义。”

我“扑哧”一声笑了。

“什么叫没有意义？”

“不过是一种谁也不知道为什么要延续的传统罢了。”

“怎么这么说？”

他喝了一口雪碧，转过身趴着看向我：“你有没有想过，人为什么要结婚？为什么会恋爱？这是必须发生的吗？你想想你自己，如果不是这个社会的潮流，你会不假思索地把结婚列入自己人生的计划吗？”

我想了想，耸耸肩：“那样的话，我或许得重新好好考虑考虑了。”

“就是这样。还有我们现在一直在经历的这些事，我们上学，我们尽量让自己跟随主流，如果同学们都报名参加什么活动，我们也不敢不报，因为不那样做就算是‘搞特殊’了。”

“但是存在即合理，对吧，既然大家都这样，那就说明这样不会出什么错，毕竟这么多人都是这么过来的。”

他深褐色的眼睛看着我：“那你说的‘这么多人’，他们是成功者吗？”

说实话，他这句话就说得我云里雾里了。

“反正，当我有疑问的时候，我爸爸妈妈就是这么跟我说的。听长辈的肯定没错，毕竟人家是老一辈。”

“他们所谓的经验也不过是日复一日地跟从大溜。”他小声说。

“从来如此，便对吗？”他最后说。毫无疑问，我还是听不懂。

无论如何，回忆结束。

经过一番深思熟虑，我觉得班主任说得对。所以我打算把写作的本子收起来，专心复习。但我总隐隐地感觉对不起子歆。

晚上睡觉前，我把那本手稿放进我床下面的书架里，紧挨着我怎么也看不完的《巴黎圣母院》，然后用小锁锁好。晚上一丝风也没有，天是纯净的、黑曜石一般的黑。

“快借我电话。”隔壁宿舍一个女生突然风风火火地闯进宿舍，红着脸、梗着脖子对另一个女生说。

“哦，好……”那个女孩刚拿出电话，就被她一把夺了过去。

她是给她妈妈打电话。原来是关于暑假美术集训。

“不是说好了不去吗？我当然有我自己的事了，我得……我得学习！……我哪里闲着了啊！暑假还没开始呢，你怎么就下这样的定论给我？……他们都去，他们都去我就得去吗？”

她紧紧抓着床梯，面红耳赤地低吼，声音中带着点哽咽。

“我暑假有手术要做，所以去不了。”

听到这儿，我着实有点可怜她了。但毕竟这跟我没什么关系。我从小受到的教育就是管好自己。即使子歆死了，我也没有违背这个原则。刷完牙，再回到宿舍，我直接拿着数学笔记和历史笔记上床背书。

“可是我都说了我不去了，你为什么还一定要报？！你为什么不和我商量商量？……不是，你什么意思，你怎么可以这样说啊！妈妈，为什么小孩的意见就不重要了？可我是真的不想去！……凭什么你是家委会主席，我就必须迎合这种事情？你就不想想，不再考虑考虑吗？……你快别说了，怕得罪他？凭什么？他是老师！他不是奴隶主！”

这一段话，她几乎是带着哭腔吼出来的。过了一会儿，她安静了，电话那头在训斥着什么。紧接着，她开始崩溃般地尖叫。

“为什么我不去你就让我退学？到底为什么啊，妈妈？！我喜欢学习，我也喜欢物理、化学，我将来想当医生，你为什么非逼着我考那个狗屁美术呢？”

我的眼睛死死盯着数学笔记本上的余弦公式，宿舍里的其他人更是不敢发出一点声音。女生这边则仿佛地震、大火、飓风、海啸，在这间小小的房间里爆发。我记得我曾经也这样跟妈妈吼过，但后来我发现自己这样做太叛逆了，便不再这样。

过了一会儿，宿舍里终是消声了。

我的内心自始至终没有多大波动，其他人也全部在被窝里沉默着，该干什么就干什么。

那个女生再次说话了，但这会儿丝毫听不出哭腔和恨意。她说：“你们就不能让我有点自己的思想吗？”

这句话，我听进了耳朵里，内心突然塞住了。我好像明白了子歆说的话是什么意思，也明白了鲁迅说的那句“从来如此，便对么？”是什么意思。冥冥之中有种未知的萌芽破土了，它在我的脑海里扎根很深，但也没那么深。

熄灯时，我放下书，困顿中，很多往事朝我蜂拥而来，我一边哀伤着一会儿又要做噩梦，一边陷入沉睡。

然而这么长时间以来第一次，我没有做噩梦，也没有做其他那些乱七八糟又长又光怪陆离的梦。

我梦见了凡·高画的向日葵。

纯蓝的背景下，那狂野而烂漫的向日葵看着我。它们的色彩用一种我不明白的语言吟诵着，简笔画一般的线条无时无刻不骄傲地宣告着它们的生命力。哦，生命力，这是凡·高永恒不变的主题。

向日葵，向日葵。

等到我被惊醒的时候，应该已经是午夜了。窗户被“砰”地吹开，打着我的床边，我浑身大汗，心悸不已，内心一瞬间被烦躁堵满了，好不容易睡一次安稳觉，这下也被打断了。

其他同学还在熟睡，我隐隐听到我床下的桌子上传来纸张被风吹动的狂乱响声。

我在桌子上放什么书了？应该没有，我睡前都会整理好桌子，把重要的东西锁好，这是我自从住校就养成的好习惯。无论如何，我还是得下去看看。内心的确信反而让我背后发凉。

窗外月黑风高。我光着脚踩着冰凉的床梯下床。每下一级，那窗户就越发急切地猛烈拍打，这让我很害怕，“怦怦”狂跳的心脏把滚烫传输到我的脚心。

不过，不可能会怎样的，就算我把桌子收拾得干干净净，也可能有别的同学在我不注意的时候——也就是熄灯前——又给我放了什么本子，可能是班级日志吧，也可能是跟班委工作有关的本子。我一边安慰着自己，一边右脚踩到地面上。

是那本手稿。

我的大脑空白了两秒，接着我才恢复意识，就像从另外一个世界回来一样。它正躺在桌面上，月光照射着它惨白的纸张，此时强风正把它刮得一片混乱，纸页翻动的声音焦躁不安地响着。

我无力地咽了口唾沫，我没有在内心质疑为什么它会从锁住的书柜里跑出来，被翻开，并且被大风吹得哗哗作响，因为我的思绪已经凝固了。地板很凉，我的脚无力地踩着，地板的冰冷和我那种因恐惧而散发的热互相抵消着。我已经把刚刚因被吵醒生出的那股烦躁忘得一干二净。

那风依旧很急切而且狂燥地吹拂着，就像一个试图表达却根本没办法说话的哑巴。我无意间瞟见自己的手，被月光染成了淡蓝色，像坚硬的冰雕。

怎么会这样？很奇怪的是，我竟然一瞬间想起了子歆，但很快我就打消了这个念头。更奇怪的是，这么大的声音，其他同学依旧如死猪般睡得很熟，能累成这个样子倒也是真罕见。

无论如何，我将手伸向那本手稿。这时候，神奇的事情发生了：风逐渐小了下来，窗户不再那么狂烈地晃动，而是慢慢停了，恢复了原来一个死物而非被什么未知力量操纵的样子。就在我的手指要触碰到本子的前一秒，所有的风都消失了，手稿猛地停留在了某一页。

全是空白，但是中间一页留下了一条残缺的齿轮状边缘，一看这一页就是被人撕掉了。

撕掉了什么？

我第一时间想起我昨天草草写下的结局，不过，当时只能算是灵感一现，具体写了些什么，我差不多都忘了。于是我急忙查看，果然翻了一遍又一遍，那一页彻底不见了。我浑身上下就像是被抽干了力气，是那种骂脏话也没劲、大哭也没劲的无力。

其他人全然熟睡，只有我一个人醒着。我想了想，我应该为此感到羞愧。

我爬上床，向日葵的梦断了，剩下的夜里，我的梦里灌满了大风。

又过了一周，我基本上把情绪调整过来了，就像是班主任说的，没有什么是克服不了的。

很快，我们迎来了又一次月考，我和其他所有人一样摩拳擦掌，就连考试前一天都在背政治、历史，看错题本奋战到深夜。

考试那两天的记忆很简单，我并不记得什么细节，但整体感觉还不错，因为那两天我一次也没想起子歆，这是难得的。

每个课间，考场里的同学都会找自己的熟人对答案，我以前会耐不住性子偷听，然而这次我没有。中午我仍然独自一人吃饭，然后绕过三三两两、出双入对的同学，钻回宿舍。

那天晚上过了之后，我再次把那本手稿锁回橱子里。我前几个晚上总是等到十二点多才睡，就怕它再自己跑出来，然而从那天晚上之后，它就再没有出来过。从食堂回来，我疲惫地摊到床上，刚要睡着，子歆又隐隐约约回到我的脑海里。

不行，不能再想他了，不能再沉湎于过去了。我瞬间清醒过来，手动刹住我思维的车。

无论如何，一切都已经过去了，子歆已经死了，死了便死了吧，人终归是要死的，我不能再让他日夜纠缠着我不罢休，让我没法好好生活。我恍惚间想起来我前一阵子对人生、命运、考试体制等的质疑，现在看来太可笑了。我要走我的人生路。离经叛道的日子不好过，这也是那么多动物选择群居生活的原因。有句话叫什么来着？集体的安全感。是个人都会需要集体安全感，这没什么好丢人的。这两天的考试、回到现实的生活更让我坚信这一点。我开始觉得自己只需要在这浩浩荡荡的集体里生活下去，暂且抓住这一点安全感，守住自己的一小块阵地，就这么活下去，那就是胜利。

安全感对于像我这样渺小的人是很重要的。是的，我知道自己有多渺小，伟大已经和我分道扬镳，我也知道那些追求伟大的人的结局。而我这两天已经渐渐地找到这种安全感了，有那么几个瞬间，我甚至好像完全忘记了子歆，忘记了发生的一切，忘记了什么鲁迅的“从来如此，便对么”。我真的觉得我是所有同学中的一员了，和他们一样平常地学习，琢磨些平常的烦恼，享受些平常的快乐，考些平常的分，而不是作为子歆的延续，让生活这把刀有机会插进我的肉体，让我替子歆继续承受那接连不断的痛苦，继续去苦苦思考他那些狗屁不通的鬼话。要说子歆是否做错了什么，他错就错在离那些所谓的真理太近。

周末成绩就能出来，这效率真高。周五我忐忑了一上午，一边担心自己会考砸，一边又暗暗兴奋着、期待着、准备着看到生活给我的“意外惊喜”。

天道酬勤，天道酬勤，我在心里想着。

下午五点，我满头大汗地冲出校门时，妈妈正在汽车旁等我。她的一只手放在滚烫的车门框上，一种不祥的预感涌上我的心头……在骄阳下，妈妈的眼睛眯得很紧，我努力想看清她脸上的表情到底是喜还是忧，但是不行。

“妈妈，你看到月考成绩了吗？”当她把她那辆女士运动小轿车开出一片片的麦田时，我坐在副驾驶座问。

她戴着墨镜，灿烂的蓝天映在她黑色的镜片上。我看不清她的表情。

“看了。”从她的声音里听不出什么。

我过了半晌没有说话，再开口时，语气里充满了讨好，但现在看来，那其实是一种哀求。

“那……我考得怎么样啊？给我看看。”

“你自己觉得考得怎么样？”她说，那声音听着像随着冰冷的鼻息喷出来的。

“我觉得考得还行，复习得很到位了。”我觉得浑身无力。

“成绩条在微信里。”她用例行公事的语气告诉我。

我拿过手机，找到那张小小的成绩条照片。

一瞬间，我全身的力量真的完完全全被抽干了，那几个数字很讽刺地看着我，就好像我是个天大的笑话。我没有主动给妈妈回复，因为我隐隐觉得我都不配和她说话。

妈妈看我许久没出声，并不意外。

“我也不想说你什么，反正你自己想吧。说实话，我这回就没觉得你能考好。”她冷冷地说。

“什么？为什么？”

“你看你用心思在学习上了吗？”她终于不想继续演戏了，朝我低吼道。

“什么？”我很疑惑地问，大脑里一片空白。

“你问我？你什么样你自己心里没数？”她死死地抓着方向盘，恶狠狠地盯着前面的路，咬牙切齿地问。

“我问你啊，刘子歆和咱们是什么关系啊？”她突然又平静地问，这种平静听起来让人更加毛骨悚然。

我的嘴唇像石头一样沉，动弹不得，也发不出一言一语。

“他是你爹，是你祖宗？嗯？”她继续喘着粗气问。

别说了，妈妈，求求你别说了，你真的别再说了……

“你为了他……你真是中了邪了你！”她突然大吼起来，双手使劲拍着方向盘。这下我的心跳仿佛停止了一般。

求你了，妈妈，放过我吧，我真的尽力了，别说了，别说了……

“我问你，你还打算考试吧，你还打算上学吧，嗯？你要是不想上了大可以跟着他去死了算了，除了这样，你还有别的本事吗？你个没种的！”她大声嘶吼，声音从她的喉咙深处冲出来，我感觉整个车都在震。

前方有一个老头儿赶着一群羊回到田地里，阳光下一只眯眯眼的小羊羔跟着母羊，奶里奶气地叫了一声。

“我这叫不在乎学习？”我喃喃地说。

“你说什么？”她猛地回过头来，那双眼睛像野兽的眼睛。

“他是我最好的朋友，他死了，我看着他的尸体被带走。你见过尸体吗，妈妈？”我说，泪水像动脉里的血一样沿着我的脸颊往下流。

“你——”

“他爸爸妈妈都疯了，那天我被吓着了。我真的被吓着了。”

“闭嘴，别说这没用的——”

“而我，即使这样，我一天课也没耽误，一点作业也没少写，每天复习到半夜也不敢懈怠。”接着，我把头慢慢转向她，我感觉自己浑身上下都生锈了，我那双被泪水、痛苦弄得空洞的眼睛看向她，“而你却说我不努力？”

她看着我，我知道她自始至终都没有兴趣理解我说的任何一个字，但是她好歹住口了。

我感到头疼、眼花，不停抽噎。

过了一会儿，妈妈又小声说：“行啊，我也不管你，你去搞你的狗屁文学去吧，将来吃不上饭也别认我这个妈了。我看你真是学坏了，跟那个刘子歆学坏了。”

她并不知道这几句话是多么尖锐，深深刺伤了我，然而我已经全然不在乎了，车晃得我想吐。泪水朦胧中，郊外的天快要黑了。我觉得自己并不能生活下去，不能苟且下去。孤独跟我开了个玩笑，子歆已死，它再不可能饶过我。

慢慢地，我睡着了，我梦见子歆哭着问我怎么不写《蜘蛛网》了。他哭啊，哭啊，哭得很惨。我打了他一巴掌，我觉得很好笑，然后我笑啊，笑啊，也笑得很惨。

熟睡变得越来越困难了。关于子歆的梦仍然在，然而我已经不再抵抗它们。期末考试快要到来，而我已经做好考得很烂的准备。

这个周末，我的爸爸妈妈正好有事要出去忙，就留我一个人在家。我本来就不想学习，自己一个人在家更是不会学习。

趴在书桌上写我那十道题里四道不会的数学作业时，我试着找到了一个舒服的姿势——一个不累的姿势。我一开始试着把背靠到椅背上，又试着把腿抬起来抱着，可是不行，怎样都不舒服。没办法，我学不进去，那就索性不学了，干脆到客厅里看电视。

电视上演的都是些不知所云的东西，但由于实在没什么可做的，我就有一搭没一搭地看着。

这时候，我注意到了子歆的遗物小盒子，自从那天拿回来，就一直放在电视柜下面，爸爸妈妈从来没发现过，毕竟他们也不会感兴趣。

不知怎的，我控制不住，想要再打开看看。那天由于情绪崩溃，里面的东西我看得并不十分仔细。我这样想着，越来越兴奋，盒子里说不定真的还有我没有探索到的东西。这种感觉就仿佛关于子歆的事还有什么是我不知道的，他的生命就不算到头了似的。

闲着也是闲着，我把那个盒子拿来，熟练地把上次我归置好的那些看过的东西拿出来。

可结果令我失望了——那里面只有几盒药。不过，说来也奇怪，为什么阿姨要连他的药一齐给我？我看了看，全是他的抗抑郁药。我打开几盒，发现有的已经吃得差不多了，里面的说明书看起来被他翻了好多遍，应该是多少次半夜睡不着觉，查找副作用弄的。这样想想，说不定连着药物一齐送出，也算是送走了他的痛苦——他那从来没被他们夫妇正眼瞧过的痛苦。想到这里，眼泪又想趁机出逃，我深深吸了口气，就好像要把全世界的空气吸进肚子止住自己的哽咽似的。

我当然记得子歆的变化有多大。

“那感觉就是干什么都没兴趣，啊，是，我也经常想起得病之前的那个我，那么上进，头脑单纯，不会胡思乱想，那么乖，干什么仿佛都有使不完的力气。我感觉那个我那么陌生、那么遥远，就好像已经是上辈子的事了。”这是他说的，是他含着眼泪说的。我记得他曾经最喜欢的一句话就是“男子汉流血不流泪”。

“我真的没什么办法，太无力了。”回忆完往昔后，他又跟我说。但我只能露出忧伤的表情，我不能感同身受。

“有了这个药，以后就不用受苦了！”我又看到他如抱珍宝一般把那盒药抱着，期待地说。

“你倒是告诉我，我该怎么去抵抗这些黑暗、抵抗这些吃人的鬼、抵抗这些黑狗？它们怎样才能不再咬我？”我又看到他从卧室窗户的护栏里伸出两只青筋暴起的胳膊，在空气中挥舞着，大声叫喊着质问我，他那个时候真像个囚犯。

“你得帮帮我，你得帮帮我！救救我，救救我，月，我觉得我的心脏越来越脆弱了，我的爸爸妈妈是不会听的……”

随着最后这声尖叫，我被拉回了现实。

我当时是怎么回应他的？我是情急之下答应了，还是直接告诉他我没法帮他？我全都记不清了。

我颤抖地拿了包我最喜欢吃的辣味薯片，吃了两口，竟然觉得嘴里是麻木的，丝毫品不出薯片的味道。没办法。我打开冰箱，突然看到了爸爸的两瓶威士忌。我想了想，把它拿出来，取下倒扣在那上面的子弹杯，学着爸爸的样子倒了满满一杯，带到电视机前。

我把它凑近鼻子闻了闻。真刺鼻。无论如何，我下定决心喝下去一大口。

咽下去的一瞬间，我觉得自己简直是自作自受。酒就是难喝，怎样的酒都难喝，你还以为这次就会好喝？过一会儿不还是得狂灌热水把苦味冲走？我想。但我错了，我的感官并不像以前那么反感酒精的刺激了。反而像非要拼出个输赢一般，酒精把我头脑里的那些痛苦释放了出去。

果然小孩是喝不来酒的，我这才明白。

盯着花花绿绿的电视屏幕，我一杯又一杯地倒着，不知不觉地灌下去。我开始觉得眩晕，那些枷锁一般的苦恼像失去地心吸引力似的有所松动，思维不再像锋利的刀一样在我的大脑中削来刮去，而是变慢也变轻了，像在满是天鹅羽绒的抱枕中飘来飘去。

我把电视关上，没穿拖鞋，光着脚直接走过去打开音响，放了首歌，拿着小酒杯开始摇摇晃晃地跳舞。我赤着脚踩在凉凉的地板上，感到沁心脾的舒服。我想起汤姆·哈迪在《黑道之家》里跳舞的样子，觉得自己跟他有点像。杯子里还有半杯酒，随着我的舞步，有一些洒了出来，但我一点不在乎。窗外太阳落幕了，要离开它的大舞台了，我想。人人都喜欢太阳，它是光明的象征。

跳舞，跳舞吧……摇晃，摇晃吧，摇晃直到天明。

我的脸颊滚烫，我更加陶醉地跳来跳去。这个时候，我看到子歆也来了。他怎么搞得，浑身都变得焦黑，像影子一般，只有一双干净的眼睛闪着快乐的光芒，他一言不发地笑着，也和我一起跳舞。我们一个滑步滑到一块儿，又滑开，我躲闪着，他追随着，黑色的脚留下了脚印。他像黑鬼一样，我也并不觉得意外，他毕竟死了，身体被抑郁症占领了。我只能看到他白色的牙和闪亮的眼睛，那眼睛亮得好像能让一整栋洋房燃起熊熊烈火。

我记得自己问了他好多事，我揪着他对着他大哭，然后又笑得喘不过气来，他自始至终没有回应，白色的牙始终因为笑而露着。然后迷迷糊糊地，我感觉他把我放在床上，我只不停地说些胡话，挣扎着还要跳，后来隐约觉得他真的要走了，但我实在太困了，根本没有力气起来跟他告别。

我不知道那天晚上他是几时走的。第二天早晨醒来，我头疼得厉害，不过理智终于回归了。我没想到酒的劲这么大，还会出现这么逼真的幻觉。虽然前一天晚上我没觉得怎么样，但今天回想起来觉得确实有些荒唐。我心里空落落的，爸爸妈妈还在卧室睡觉，我沉默地看着窗外蒙蒙亮的天空，想起上次喝酒还是初中时候的生日派对，当时和同学们做游戏喝了点啤酒。我警告自己绝对不可以再有下一次。很显然，这次喝酒的状态和上次一点都不一样。我这个年纪绝对不能喝酒，昨天也就是闲得无聊玩一玩，就这样吧，还有作业要写，得抓紧起床了。

我睡眼惺忪地脱下昨天穿的衣服，看也没看就扔到墙角，我当然没注意到上面的黑手印。我想要脱掉裤子，谁料腰带却挂在椅子把手上，我一个踉跄，头朝下摔在地上。

烦死了，我从地上爬起来，嘴里又苦又臭。我得抓紧洗漱收拾，让爸妈看到我起晚了肯定又要挨骂的，毕竟我昨天起得就不早。

经过几轮想睡回笼觉的挣扎，我终于起来了。

走出卧室，进入客厅，我想着把杯子放回冰箱，看上去一个普通的早晨又要这么过去了。

当我看到客厅的地板时，杯子直接从我的手中滑落。

在清晨刺眼的阳光下，眼前是无可否认的真实。地上满是黑色污渍，墨水一样又黏又稠，在那些污渍连续的脚印中，我隐隐约约看出一句话："Find me.（找到我。）"

我必须要去墓室了。

七

我重新回到了这片故土——山东大学。

这被云雾笼罩的故土，这诡异、悲凉的墓地，这饱受诟病的老者，我曾经把一切喜怒哀乐都默默倾注的圣地。洪楼教堂仍然带着她那无言的沧桑和圣洁立在高耸的乌云中，她还要这样继续立几千万年。马路沉默而坚硬，只偶尔有轿车轮胎辗过雨水的响声。沧桑的妈妈骑着电瓶车接回在山大附中上学的儿子，他那满是思想的眼睛和他身上穿的校服同样深蓝。远处，马路的另一边有几栋曾经的教堂修女宿舍，同样沐浴在这灰色的雨中，一看到它那不祥的深红色窗户，无尽的哥特黑色童话就会涌入我的脑海。它曾经被改成“失恋博物馆”，现在那五个字的招牌已经废弃了，如融化的蜡一般丑陋地流淌下来。

山大附中就在山东大学的对面，像给老父亲守丧的孩子。山东大学的校训“学无止境，气有浩然”几个金字也被雨水冲刷着，看起来模模糊糊的。

我穿过巨大的铁栅栏门走进大学。左边的大操场里，依然有几个瘦高的男孩在湿漉漉的草坪上踢足球，迷雾中，他们看起来像几条孤独的流浪狗。校门右边，越过那片空荡的草地，哥特式教堂的塔尖被淹没在乌云冰凉的怀抱里。

我走在校园宽敞的步道上，迎面走来一个女学生，深黑的卷发，苍白的圆脸，十分清秀。她低头打开一把黑伞，然后遮在头上，挡住了她美丽的脸，于是我只能看到她的红唇。她和我擦肩而过，我回过头去看她的背影，发现她很快就消失在迷雾之中了。

我永远认得这里的路，就像来自某种前世的记忆。我再次向右边望去，乌云和树冠之间有一束光照下来，照在草地的中央，我仿佛能看到曾经上学时同学们在这里画画的身影，这些身影像幽灵一样，在我眼前乍一出现又转瞬即逝。

转过拐角，我朝着茂密的树林走去。千年古树弯下身子，浓密的树冠像绿色的乌云，罩在林子上方，其他比较低矮的树则躲在树荫之下，互相簇拥着，一肌一容，形态极妍。雨滴把它们的叶子冲刷得更加翠绿，更加娇艳欲滴了，光亮穿过老树的遮挡，一束束落在嫩叶上，那光在昏暗的林子里并不醒目。不知何处传来了幽香，我一转头，远处一只羽毛油滑的喜鹊离开枝子，飞走了。我知道墓室不远了，树林的尽头在我看来就仿佛另外一个世界——一个属于魂灵的世界。

我最终来到外语学院门前。外语学院的楼是一座哥特式的老阁楼，和山东大学里其他所有的老建筑风格统一，我抚摸着由灰褐色崂山山巅滑石砌成的外墙，看到露出来的、阴森的地下室窗户，在这个世纪到来之前，那里还是仆人房。老阁楼深红色的瓦片此时正被雨水敲打着，发出“咚咚”的脆响。二楼的落地窗里全部漆黑，并不像有教授还在这里工作的样子，毕竟新校区已经建成了，我想，不会有多少老师选择继续在这里工作。

但是我此行的目的地并不是外语学院。我把书包往肩上提了提，《蜘蛛网》的手稿此时正在里面干燥、完好地存放着。我低下头，顺着老楼往里走。往里走，离开宽敞的大路，进入狭隘的围墙之间。

我到了。

我在到这里之前还怀有侥幸，或许它没开门，但这是不可能的。图书室上面有一座石拱桥，同时也充当它阴森的门楣。只需要顺着陡峭的老石阶走几步，我的身体就能全部没入黑暗。在那未知的漆黑中，我能看到红木做的书架和嵌在墙上的鹿头，阴森的霉味和木地板的味道扑面而来。我感觉膝盖发软，有点支撑不住身体，又感觉右肩挂着包带的地方燥热极了，就像马上要着火了似的。在我身后不远处，几只麻雀站在铜雕像上，希望它们别在这位老教授的头像上拉屎。天花板更加逼近我，空气黏稠，有点喘不过气来，我低头望去，地下室的入口在我看来好像通向地狱的门。

我向后看了一下，有一个男婴正坐在婴儿车里看着外面下着雨的世界，旁边的老太太垂着头。而其他淹没在灰暗中的建筑全部事不关己地矗立着。

我咽了口唾沫，地板上的那些黑色污渍突然在我脑海里闪现，让我“怦怦”狂跳的心平稳了下来。

你不是让我来找你吗？嗯？刘子歆，现在我来了，你不用吓唬我。我想着，苦笑了一下，我现在也没什么好失去的了。是啊，我就是在和你赌。这样思考着，我不知不觉一只脚已经迈下第一级台阶，这个过程就像我把自己埋进坟墓一样。

我走下楼梯，来到漆黑的图书室中。肯定有灯，应该就在顺手的位置，要知道这间图书馆的客人都是独自前来阅读的，如果找不着灯，肯定会很麻烦。我顺着墙摸了摸，果然摸到一个开关，内心一阵感激。

按下开关，昏黄的壁灯亮了起来，照亮了图书室。其实这下面还挺宽敞的，头顶上空是石拱穹顶，比较高，红木书架很紧凑地挨着，让人心生压抑感。

在几排书架中间是阅读厅，很小，放了三张西洋沙发、一个壁炉，围栏里放着一堆柴火，看起来很潮湿，应该很久没有人用了。壁炉前铺着一张古旧的巴洛克地毯，已经灰蒙蒙得看不大出上面的纹路。地毯上面有一张小桌，桌布耷拉到地上，小桌上放着一盏绿色的台灯、几个瓷茶杯和几本没来得及放回书架的书。在壁炉上方，挂着一个鹿头，它的眼珠上落了不少灰，头微微偏向楼梯的方向，这让我想起了电影《布达佩斯大饭店》。

鹿头往上，是一幅巨大的油画。灯光昏暗，那幅油画的上半部分还陷在黑暗中，让人看不清楚，只能看见一个男人坐着的大腿和放在上面的手。他上身的衣服是蓝色的毛毡质地，袖口上绣着龙的花纹，再往上看，是一条金色腰带。我努力睁大眼睛，想要尽可能看清那个人的脸。啊，是张肥胖的脸，有白色的八字胡……袁世凯！我想起来了，这幅画在历史课本上有，这就是那个复辟帝制的短命皇帝。

可是为什么要把他的画像挂在这儿？我想起来了，因为袁世凯曾经是山东大学的创始人之一，但是我在山东大学的其他任何地方都没有见到过他的画像，真的是哪儿都没有，包括新校区、老校区的几大学院大厅里，还有青岛校区。我也是有一次偶然听历史老师说起才知道的。

我看着他隐藏在黑暗中的眼睛，叹息了一声。我朝着书架深处走去。果然，在书架尽头，石墙上有一扇木门，木门两边有伸出来的烛台，虽然现在没有点蜡烛，但蜡油的味道仍然熏得我想吐。我把脸贴在木门的窗户上，但是里面太暗，除了一个石砌的走廊，我什么也看不清，但这也足以让我内心战栗。

书架紧贴在我身体的一侧，那上面放了不少外文古籍，都讲些以前的故事——死人的故事。这些书里面会不会有讲巫术的？我想。这个墓室里都埋了些什么人？毕竟它从遥远的上个世纪就已经存在，并成为亡魂的住所。其中会有外国人的吗？比如曾经住在这里的修女、牧师，比如各个时期的教授，最后在仓皇中被夫人草草安葬在这个不怎么为人所知的墓室里。

我拧动冰凉的铜质把手，那扇门“吱呀”一声就打开了，我走进长长的回廊。

我打开手机的手电筒，书包里的手稿硬硬的，硌着我的胯骨。冰凉的气息就像午夜的鬼魅在我身侧穿行，我回头看了一眼亮着灯的图书室，觉得自己已经远离人间了。我的肛门奇痒无比，五脏六腑好像一下子就都消失了，身体里空空荡荡的，像个无底洞。回廊的墙上镶着以前用的火把架，我能想象到这个狭小的地道百年前灯火通明、挤满前来吊丧的可怜人的情形。

走廊地面缓步上升，走过去，我看到前方遥遥亮着红色灯光的小门。我一边朝那个方向加速走去，一边想着子歆一定没死。他不会甘心死的，这样看起来他确实可恨，但也是没办法的事。对于我来说，他可不能死，我为了他失去了一切。我思考他那些破话，他把那狗屁真理和人生的真谛带给我，让我活得不消停，不能安心，饱受折磨。而现在他如愿以偿了，他让我变成了他的信徒，他让我相信那些让人痛苦的差事确实是没意义的，而这并不能让我免于这些痛苦的摧残，他倒觉得他对得起我了？

我猛地推开那扇门。

我如复仇一般走过那一排排死寂的棺木，地下室的老鼠和蛆虫在石穹顶上啃咬，吱吱作响。火焰在墙上的烛台里燃烧着，带着中世纪的邪恶。我的脚步声在整个墓室中回响。我查看着每一副棺材上刻的名字、墓志铭，有的是“愿主保佑我的灵魂”，有的是“往生西方极乐世界”，有的是“我在这里千年，外面其实什么都没变”……

最后，我找到了子歆的石棺。

我把包扔在一边。墓室里充斥着死亡的松香。

你不能就这样脱身，我亲爱的子歆，我本来的未来的丈夫。

我相信，一定是那天写在本子后面的结局，在某种程度上唤醒了他棺材里的灵魂。而这魂灵由于对某些东西的深爱，开始逐渐恢复了一点力量，试图挑战阴间和人间的界限。我曾经是那么不相信，我觉得自己被悲伤冲昏了头脑才会这么认为，但现在想起来，他在某种意义上已经成功了。他既然能扯下那页结局，然后让自己变得更具象，让自己变成黑鬼来与我共舞，那就说明我其他的文字照样能让他复活。

我们就是这么默契，子歆。

我笑了起来，那笑声听起来恐怖至极。

我打开石棺四个角上的搭扣，用尽全力推开棺材盖，“咚”

的一声巨响，它滑落到地上。我的头僵硬地直立着，眼睛垂下去看我的爱人。

他在里面。他的脸颊和眼窝已经陷了下去，两只手交叠着搭在肚子上，手指同样瘦骨嶙峋。然而他手下面按着的东西让我如坠冰窟。是那张手稿。他果然活了。

我无力地向后跌坐下去，捏着手稿本子的手不知不觉已经攥紧，颤抖不已。

过了好一会儿，我才努力让自己冷静下来。我告诉自己，就算这样，他也是没有多大能量的，他只能做些摇摇床帘、在地板上写字的小把戏。

但是现在我来了，我会让你活过来的，你不要担心，一切都会没事的。你会好好地恢复过来，就像昏迷了几天而已。你会从那讨厌的、恐怖的棺材里坐起来，读一读我新写的《蜘蛛网》，我们继续讨论那些没有讨论完的事，你把一切的真理都告诉我，你给我解释清楚。

我不再犹豫，把那被我攥得有些皱巴的手稿展开，接着使劲掰开他的手。那双手的冰冷让我心生恐惧。

“你要是死了，谁还能继续充当我相信浪漫的依据？”我喃喃地说，然后把那本手稿放到他胸前，再把他的手按回去。

“一定要成功，一定……”我心里想。

他是那么安静，我的手指和他的手指交叉着，不像以前打打闹闹时的牵手，而倒真有点情人牵手的样子了。可是他并没有什么反应。

我充满耐心地又等了一会儿，他还是没有反应。

绝望和失败的滋味开始涌上我的心头——虽然我的生活一直很失败，但这次我才真正感受到它。心里有个声音告诉我，没办法了，算了吧，我从一开始就不该胡思乱想这种事情。我告诉自己，快松开手，背上那失败的破书包，带走这令人害臊的蹩脚文章，在心里默念“逝者安息”，然后头也不回地走出去。对，头也不回，我这个疯婆娘在回去的路上不被鬼吃掉就算运气好了，爸爸妈妈还在家里等我，等我回去写我的作业，过我的日子。

可我的手还是紧紧地抓着他，没有丝毫放松，我知道我这是不甘心——不甘心眼睁睁看着我坚信了这么多天的东西被证明是假的。或许我真的和那些没出息的小姑娘一样，就是被悲伤冲昏了头脑，被撕走的结局页说不定只是同学偷偷拿钥匙打开柜子做的恶作剧。至于大风，只不过是巧合罢了。我看了这么多书，这种只有在惊悚小说里才会出现的桥段，我用脚想都知道不可能。

再等等，再等等……

突然一阵寒风吹过，走廊尽头的蜡烛一根接一根被猛地熄灭了，化作黑烟。我猛地回过头去，连廊变得清冷、阴暗。鬼魅的冷气爬上我的身体，恶劣地抚摸着我的每一寸肌肤。一排排棺木由远到近地“咚咚”响着，带着那种欲望的饥渴。有的棺盖搭扣和锁直接被撑断，棺盖“砰”地猛然掀开，如高声歌唱一般剧烈地一开一合。遥远的尖叫声从大理石地板底下发出，一点不像人的声音，但照样充斥着人的痛苦和兴奋。我的活的心脏就像可怜的羔羊，即将被未知的一切吃干抹净。

子歆的棺材开始剧烈地颤抖，它旁边烛台上的蜡烛反复点燃、熄灭，越发疯狂。我看向他双手下面的手稿也在大幅度的颤抖下散架了，分崩离析，从他的手下飞到半空中去。那无数张纸中，我隐约看到，有的变成了日文，有的变成了英文，有的变成了俄文，有的变成了拉丁文。子歆的脸上本来带着那种痛苦而疲倦的神情，而他现在则像做了噩梦一般，开始变得不安起来。

你可别在我面前装无辜。我冷冷地想。

仿佛有一股巨大的力量顶撞着他已经死去的身体，他的胸口机械地剧烈起伏着，那股力量越来越大，直到他猛地睁开死气沉沉的眼睛，开始张开嘴大声叫喊，就像休克的人猛地被泼醒。一阵巨大的气流叫嚣着向四面八方冲撞，那些叫嚣、狂欢的棺材猛地安静下来，一切光亮消失，空中的手稿碎片被全部按在地上，我控制不住地向后退去，一下子撞在石墙上，然后一个趔趄跌坐在地。

过了很久，我才小心翼翼地睁开眼睛。这个时候我已经知道，子歆回来了，且永不会离开我了，我不用再去接受什么现实，因为浪漫回来了。我的眼睛瞪得溜圆，幸福的泪水顺着我的脸颊滑落。

整个地下墓室归于沉寂，没过多长时间，我看到一只瘦骨嶙峋的手猛地抓着棺材外沿，紧接着穿着黑色寿衣的瘦弱胳膊颤抖着支撑起身体，他摇摇晃晃地从棺材里站起来，另一只手扶着石墙壁。他看到了我，我心里一紧。然后他露出笑容，薄薄的皮肉陷进骨头里，蒙了白翳的两只眼珠充满了笑意，蛆虫和腐败像粉末一样被他抖落下来。他说："月，你终于来了。"

八

"徐月，你问她？其实说实话我觉得你挺闲的，竟然还来问她的事。不过，既然你问了，还送了我这支不错的钢笔，我就跟你说说。

"徐月吧，说实话，我跟她一点也不熟，我猜，班里的大部分人也这样。其实，以前也有人找她玩过，那时候感觉她的性格还不错，挺好的，也跟大家开开玩笑，热闹热闹。但是她不愿意和别人发展进一步的关系，所有人对她的了解都不深入，就是局限于同学关系，反正人家有自己的事要忙，有自己更在意的东西，所以她对待身边的一切都心不在焉的。哦，对，你别说，她学习还挺刻苦的。但是，整体吧，她在我们班是个比较边缘的人物，存在感不强。每到大课间她就没影了，也不知道干什么去了，再上来的时候脸上总是挂着迷之微笑，怕是谈恋爱了。

“后来我们才知道，她在26班有个关系很好的朋友，后来这个人死了。对，这你肯定知道了，当时这个事人们讨论了好久好久。你真不知道大家都怎么说的？有人说那个男的是跳楼了，我在27班的闺密说他咬舌自尽了——她在隔壁看得分明。

“还有更夸张的，不知道谁说的，说是徐月要和他分手，那男的就直接昏死过去了。这话过分了，但其实也无所谓的，毕竟大家就是图个乐子，吃个瓜，和自己又没多大关系。

“但徐月可不一样了，那是她唯一的朋友吧。那男的死之后的周日，来学校报到时，她肿着眼睛来的，睁都睁不开，看来是狠狠哭了一顿。

“哦，对，接下来就有意思了，你知道吗？我悄悄告诉你，出去别说是我说的。

“我不是坐在徐月后面嘛，过了得有一周吧，我觉得她绝对是疯了。她一坐就是一天，从不离开她的座位，总是伏案写着什么。一开始我还以为她在写作业，但后来发现好像不是。我和姐妹们讨论了讨论，得出的结论是，她一定是走火入魔了，在给阴间写信，然后烧过去！

“我们都吓坏了，班里的女生消息灵通，所以大家都躲她远远的。毕竟文学这种东西，只有不中用的文科生才搞，我们可不懂。

“我选什么科？肯定是全理呀，大家都这么选。再说，考得好的不都是理科生吗？反正我对我的能力很自信。

“嘿，要不是学习不好，谁选文科呀？文科只需要会背，这谁还不会，但理科是谁都能学的吗？

“回归正题，不好意思，文学这种东西，我们大家也不了解，只有古怪的徐月天天写，所以我们看她那个样就挺害怕，觉得她会不会是巫女之类的。我们一致觉得，宁可信其有，不可信其无。所以离她远点更好。

“但其实我们也挺感谢她的，因为有了她，我们变得团结了，每天晚上的卧谈都说她，而不是耗费精力在内部钩心斗角。关于她的话题可多了，说到早上两点也说不完。

“但是这几天吧，我觉得徐月有点奇怪。我不客气地说吧，我不喜欢她这种变化。在某种程度上，我们已经把徐月的痛苦作为我们的个人财产了，如果这财产发生变化，我们谁都不会乐意的，毁了我们多少兴致呀！

“她这两天好像变得高兴了很多，真的，脸上也慢慢出现笑容了，听课认真了很多，但是她那阴间信写得更多了，眼神中透露出异样的光，那种感觉……半人半鬼的。

“不过就算她听讲认真点又能怎样啊，她学习一直就那个样。我看将来毕业之后她也就考个破大学，当个小职员吧，呵呵……我？我当然冲着‘985’去的……梦想？现在谁提梦想啊，梦想又不能当钱花，现在可不兴这没用的一套。其实随波逐流就挺好的。我想想，将来进个企业挣大钱去吧，哈哈，然后天天‘857’，跟我的小姐妹们享受美好时光，离开爸妈就再也没人管得了我了，哈哈！有钱就行，其他的倒无所谓。对了，我和我闺密都说好了，以后一块儿买个房子，然后我们平时上班，周末呢，就躺在床上刷刷抖音好了，说不定哪天我们其中的一个就变成富婆了，我可就指着她啦。一辈子很快，你忘了小沈阳说的了吗？眼一闭一睁一天过去了，眼睛一闭不睁，这辈子就过去了，没毛病……还让我说徐月？她还有啥好说的啊？就这些事吧，她就是个怪胎，能进重点学校也真是怪了。

“你问我爱情？虽然我没谈过恋爱，但我觉得只要能把我宠上天，事事都顺着我，嗯……最好又帅、又高，还有八块腹肌，只要我闹小脾气就抱着我哄的那种霸气男孩就好啦！相不相信有永远的爱情？我相信。对了，但是他可不能背着我接触别的异性，那肯定就是不爱我了……也不能不宠我，不给我说情话，那样也是不爱我！

“更不能对我冷淡吧，那样也算。记不住我的生理期可是死罪！直接分手！如果为了别的事推掉和我的约会，那绝对就是不爱了。回我消息超过五分钟，那妥妥地心里没我。但是你问我相不相信有永远的爱情，我相信。”

临近傍晚的时候，外面下起了瓢泼大雨。

电动车驶过的地方掀起惊涛骇浪，冲刷着马路牙子，穿着长雨衣的小学生将穿着凉鞋的脚伸进水里，她明天肯定得烂脚丫。一个中学生骑着自行车，艰难地一手举着雨伞，一手扶着车把，小心翼翼地从人行道上挤过去。红绿灯的霓虹光被雨水映在一块，显出微醺的昏暗。

售货员大姨正给我结账。

付完钱之后，我提着大塑料袋，系紧黄色雨衣走了出去。袋子里有蜡烛、三本新笔记本、十支中性笔、几块生肉和一个打火机。

街区尽头，辉煌的洪楼教堂显得那样遥远，我朝着那边赶去。

马路边的炸鸡店里飘出香味，几个港风打扮的年轻女孩在一边等炸鸡，一边聊天。中古服装店早在夜幕落下之前就亮起灯了，有些晚归的男孩冒着雨推着自行车走在川流不息的大路边上，应该是刚刚和爱恋的女孩分别，脸上还有笑容呢。我是多么艳羡他！而我的初中时光早就过去了。

来到教堂前的马路边，古老的修女院下，奶茶小铺的老板在忙忙碌碌地做着生意，我很想过去买一杯，再体验一下曾经和好朋友一起的温暖。可是来不及了，我只知道子歆在等我，其他的一切在我眼里也不过是云烟罢了。

教堂脚下有一家小小的蜜饯铺，一群大学生和中学生都围着买。店主，我认识，她看了我一眼。她知道我毕业了吗？她会期盼我走过去跟她买麻花吗？她会希望我再跟她唱歌逗乐、聊济南的老故事吗？然而这些疑问很快就在攒动的人头中溜走了。我抬起头，阴云密布的夜空中，教堂像山一样隐匿着。

我把塑料袋抱在怀里，冲进大学校园。再一次进入无人问津的老图书室，我急忙把雨衣脱下来，打开暗门，走过走廊，我是要来找子歆弹琴的。我向四周看看，拿出新写的手稿，搬开棺材盖，子歆仍熟睡着。我把手稿塞进他手里，同时紧紧地攥着他的手。

不一会儿，他的眼皮颤抖了一下，迷迷糊糊地咕噜了几声，然后醒了过来。而这么长时间过去了，我从没忘记过他已经死了。

他缓慢地抬起头来，看起来很脆弱。我把生肉的保鲜膜打开，递给他，他看都没看就狼吞虎咽起来。有一些血水顺着他的嘴角滑下，渗进他的衣服里。

“慢点吃。”说着，我用手擦了擦他的脸颊，他没理我。吞最后一块生肉的时候，他停下了，抬起头来看看我，我示意我不吃，他才继续。

吃完以后，他像是恢复了精神，打了个嗝，苍白的皮肤颤抖着。

“为什么这么晚才来？”他委屈地问我。

我拍拍他：“今天外面下了大雨，我冒着雨来的。”

“雨水还是那样烦人吗？”他问。

“是的，又潮又难受，但是我想写一篇永远在下雨的文章，可能会挺有趣。”

“那可不行，一直都没有光，一直黑漆漆的，这种文章你写着怎么会开心呢？”

“并不是这样的，因为乌云后面是有光明的，尽管它不露出来，但它是存在的。”

他点点头，但看起来并不是真正开心的样子，我想让他开心。

“我给你弹琴吧！最近我新学了曲子。”

他仍然坐在棺材里，时不时露出痛苦的表情，但他在极力掩盖。

“好，什么曲子呢？”

“我给你弹了，你就知道了。”

我走到他的棺材对面，过道中央放着一架小立式钢琴，附近有老人说这是为了辟邪安魂放的。我打开钢琴盖，弹起《蓝色的爱》。其间，我瞟了一眼子歆，他正陶醉地靠着墙，闭着眼，不知道他那腐败的大脑里正在构想什么美丽的场面。我弹完了，他鼓起掌来。

“这不是我们原来的上课铃吗？”他问，我笑着点点头。

“真好听，我想起好多事。”他呆呆地盯着那架钢琴。我知道他想起了曾经明媚的日子，他活着的日子，雄心壮志的日子，最主要的是，勇敢的日子。

“你来的时候看到他们放学了吗？”他问。

“看到了，他们永远那么开心，咱们原来也是这个样，更别说有选修课的日子了。”

“啊……什么是选修课？”他突然很茫然地问我。他又忘记了一些事情。

“就是课后兴趣班，可以选的，咱们两个选的是电影欣赏，看过一次《怦然心动》，还看过一次《西西里的美丽传说》，想起来了吗？”

他没回答我，眼神里露出一丝僵尸才有的呆滞和死气沉沉，还是摇摇头。我内心一阵失落，但没表现出来，死人终究是死人。

“没关系的，子歆。”

他又问我：“谁是子歆？”

“你就是。”我说。

沉默了很久，他终于回过神来，摇了摇头：“抱歉，我刚刚又忘事了。”他露出极度苦闷的表情，他曾经是那样一个聪明、机敏的人啊！现在老年痴呆般的样子，一定让他很苦闷。

“没关系，我已经很开心了。”他点点头，又带着天真的笑容把下巴搁在棺材边上，“再多跟我讲讲《蜘蛛网》吧。”

我给他讲了一晚上，我们欢快的笑声在地下墓室里回荡着，但我并不觉得身在墓室里，而好像是在宿舍里，我们两个在半夜偷偷聊天，身边的亡者只不过是我们熟睡的同学。而子歆除了时不时露出疲惫和痛苦的表情，一直很开心，听得认真极了。他又指导着我继续写，我写了好多张。我觉得我可以永远这样留着他。

九

现实可不允许我这样冷落它，果然还是来找我麻烦了。

首先，这一切源于我犯下的一个大错误：永远不要把重要的东西放在别人能够到的地方。

中午我把手稿放在宿舍桌子上，然后就转身出去买饭了。

我本来回来得就早，其他人还没到，我又想着我可能出去的时间短，也就没注意。

不出所料的是，我回来的时候，宿舍里还是只有我一个人。在看到我的桌子前，我还是这么认为的。

手稿被撕烂了，纸片飞得到处都是，非常碎，基本没有重新粘在一起的可能。我的心脏怦怦狂跳，太阳穴突突直跳，但我还是控制住了自己的喘息。应该是有人偷偷溜进来撕碎了我的稿子，然后又出去了。

我把掉渣饼扔在桌子上，立刻跑了出去。

真是有病！我知道我们班有些女生坏，但我还没想到她们能坏到这种程度。我就连写个文章都不能消停！我又没招她们、惹她们，她们为什么要这样？

我思来想去，还是跑到教学楼那边。我从来都不和那些女生一般见识，但有些人往往得寸进尺。我在教学楼门口张望，然而根本看不到一个人。我泄气地坐在门口的花丛边，准备守株待兔。

正当我思考的时候，一双手突然从背后揪住我的校服领子，并把我往后拖，我跌坐在地上。那双手并不是很有劲，于是又有几只手加入，粗暴地把我拖进树林。

我大声叫嚷，地上的石子划破了我的脚腕，那几双手继续把我往里面拖。最后他们停下了，我被猛地松开，脸抢在草地上，吃了一嘴土。我抬起头来，发现竟是我们班的女生。

为首的那个是我的前桌，她从来都是假惺惺的。她正不自信地看着我，努力表现出强势的样子。

“你们要干什么？”我问。

“你说呢？”她说。

我咳嗽两声，转过头去，表示出对这个话题的不屑。她生气了。

“看到你那些阴间信件的下场了吧？”她说。

“什么阴间信件？”我觉得有点可笑。

“你自己知道！就是用来和你那鬼新郎联络的信件，你个神神道道的浑蛋。”她嚷道。

“你是不是有病？这都能想出来？”我说。

“我们不想听你在这儿狡辩了，你最好快点告诉我们，你的其他信件呢？”她说，身后那些眼睛都盯着我。

“我凭什么告诉你？”

“我知道你给阴间寄信肯定会吸身边人的阳气，我猜得没错吧？我们凭什么被你利用，快把那些也拿出来，这是为了你好，你快迷途知返吧。”

“什么叫迷途知返？谁告诉你那是阴间信的？你们能不能讲点理啊！”

“你快醒醒吧，徐月！你天天这样鬼迷心窍的，真的很讨厌。”

“我是因为这个才招你们讨厌吗？我看，不是吧。”

“你什么意思，你说我们针对你？是你先冷着我们，瞧不起大家，天天自己神神道道，谁敢跟你交好？”

“可我又没惹你们，怎么这样也要受你们欺负？”

那女生脸上突然露出优越的表情，那优越看起来有点迫切：“是，我觉得你也明白了，现在你唯一的朋友也死了，谁罩着你？”

我把嘴里的泥土吐出来，其中有一些吐在了她的鞋上，但我真的不是故意的。

她露出气急的神情，但又深呼吸几口，然后笑了起来，凑近我的脸：“这都是你应得的，早就应得的，只不过现在才来找你。你能明白吧？”

“不用跟我在这儿应不应得的，我懒得跟你们在这儿玩。信撕了就撕了吧，毕竟你们也就这点本事了，我现在得回去补上，告辞了，各位。”说完，我起身就要走。

一个女生从我的身后一把把我拽倒，脸上露出得意的表情。

“你听着，我们也不想动手，但你继续这样不讲理的话，恐怕咱们真的得练练了。”

我不知道重点学校的学生是从哪儿学会“练练”这种流里流气的词的。

“你什么意思？”

“你不把信交出来，我们就打你，让你阴间的男人心痛，然后把你一并收下去。”

“那你们要把什么信拿走干什么去？”

她的表情有点不自然："送到该送去的地方去。"

"应该去的地方，我看，就是老师办公室吧。"

她不同意也不否认，说："批评批评你，也是为了你好。"

"为了我好，真谢谢你，宋羽，真谢谢你啊，亏我还帮你考试作弊了那么多次。"

她听到这句话，像被雷劈了一般，连忙转过头去然后又转回来："你说什么呢？编什么瞎话，就你的成绩我还得抄你的？"说这句时，她飞速地瞟着我的身后。

"好啊你，我不想和你——"

这时候，一个响亮的耳光已经在我的脸上炸开，紧接着，有人试探着踢了一下我的小腿，等我睁开眼，女生们都朝我扑来。

我在地上快速地打了个滚，滚出了她们的扑杀范围。她们又追了过来，我连滚带爬地站起来，浑身沾满泥土，开始逃跑。

我跑得并不快，并且经常摔倒，但这真的不是我身体弱，你要是被追杀一次你也会这样。身后有人一把薅住我的马尾，把我的头猛地往后一拽，我疼得尖叫、流泪，但还是不放弃继续往前跑。她们穷追不舍，长着长指甲的爪子不断抓挠我的后背，我觉得我的背后肯定得有不少血道子。

最后我体力透支，再加上不断受到攻击，速度也慢了下来。

"老师呢？该死的老师们呢？"我在心里大叫。

宋羽用尽她的全力一推，我扑向面前的地，牙咬到了舌头的边缘，疼得我头晕眼花，膝盖磕在地上，登时我就感觉有温热的血顺着我的小腿流下来。

宋羽和其他女孩仿佛第一次感受到猎杀乐趣的幼狼，疯狂地冲到我身边，她粗暴地把我翻过来，丝毫不管我正疼得咧嘴大叫，然后给了我的脸颊一边一个结结实实的巴掌。我的脸火辣辣地疼，舌头破了，血腥味在嘴里蔓延。

“你这该死的妄想症！”她边打边骂。我的双手极力挥舞挣扎，隐隐摸到她的脸，接着我就开始使劲地抠，也不知道能不能抠到她的眼睛。

最后我听到她惨叫一声，打我的手停住了，看来是弄痛她了，我用尽全力从地上挣扎着爬起来，继续向前跑。

我头痛得要死，脸上的血和泥土已经干了。眼前什么也看不清，我狠狠地撞在一棵树上，我无力地转过身坐下来。朦胧中，我看到凶神恶煞的宋羽就要冲过来了。

我闭上眼睛，准备挨拳头，结果等来的却是那些女生的惨叫。

宋羽的两只脚陷进泥土里，并且缓慢地下沉，她越陷越深，有种不可抵挡的力量在拉扯着她下陷。她脸色惨白，闭上眼睛开始张嘴尖叫。她试图把脚从沼泽里拔出来，可是相互作用力只让她陷得更深。

“别……别挣扎！”旁边有人慌张地提醒她。宋羽什么也听不进去，她以极度绝望的眼神看着身下，就好像有怪物正在吞吃她的身体一样。

由于她的挣扎，沼泽很快就淹没到了她的胸口，她满怀仇恨地看了我一眼，接着又大哭大闹起来。我猜，她已经被淹没的身体早就尿裤子了。她的两只手疯了一样猛抓地面，指甲在泥土上留下丑陋的痕迹。我突然想起来什么，接着在心里大喊：“快停下！子歆，快停下！”

沼泽已经要没过宋羽的脖子了，她已经不叫了，而是用尽全力抬起头，让脸远离地面。

我双腿发抖，踉踉跄跄，转身就跑。

我头也不回，大气不敢喘，一口气冲回宿舍楼。宿舍里有两个同学没有参与此事，我在她们俩的面前“砰”的一声把门死死关上，用门闩横住，然后跌坐在地上大喘着气。

“徐月……”有人小声询问，而我并没听见，自顾自地坐在地上。我知道宋羽不会有事的，因为我不希望她有事，否则我少不了麻烦。我仿佛能看到子歆就站在那凭空出现的沼泽旁边，腐败的眼球闪着冰冷的光，一只手插在黑裤的口袋里，仍然保持着他的优雅和尊贵。他就那么站在那里，眼睛越过其他人看着我，目光之下，越陷越深的宋羽正在被淹没，成为学校里无人知晓的一具女尸。

我回到自己的床上，中间的过程我全部忘记了，我只记得自己摸出藏在保险箱里的那本厚厚的手稿，抱在怀里，鼻涕和泪水沾在它的封面上，我还能隐约闻到子歆身上那种混着蜡烛和钢琴木香的墓室里的气息。我永远记得封面上的那句话：“你永不孤单。”

我抱着那本手稿，亲吻着它，然后我睡着了。

十

心此刻同沙漠一样平，
思想像孤独的一个阿拉伯人；
仰脸孤独地向天际望
落日远边奇异的霞光，
安静的，又侧个耳朵听
远处一串骆驼的归铃。

——林徽因

我去墓室的频率越来越高，逃学的频率也越来越高。妈妈知道我没去学校，但即使这样，她想破头也不知道我到底去哪儿了。宋羽最后还是被她的伙伴们救上来了，很快，我在学校里变得臭名昭著。而这些我全部不在乎，因为我和子歆在一起的日子里每一分、每一秒都是那么快乐。我们作诗、写文章，要不就是在墓室里手挽着手地散步，猜想着今夜的天气是怎样的。我会把我所有生活中发生过的有趣的事情告诉他，比如那个宋羽是怎么又哭又叫的，说到这儿的时候，子歆也会得意一笑。而他往往会在欢笑结束的时候露出忧郁的神色，我每次看到都会心一酸，于是只能再尽量逗笑他。

可我们快乐的生活过去得那样快。过了不久，子歆所遭到的反噬越来越厉害了。他开始体力不支，并且经常听不懂我的话，像变了一个人。他变得粗暴无礼，有一次竟然试图扑咬我。我很伤心，但没办法，我只能安抚他、陪伴他，或者直接把他困在棺材里。我告诉自己我没资格哭，因为这一切都是我自找的。等到他恢复过来之后，他又会极度悔恨，充满歉意，并且不愿意跟我说话。

“我说，你怎么能对这些阴暗的东西把握得这么细致？”那天，他刚刚读完我用来给他续命的手稿后问我。

“真会说话，哈哈。”我说。

“你写的东西好是好，可我还是希望你能多写些光明的故事。”他说。

“我写不出来，不会写，这我也没办法。”我说。

“而且……而且你也应该多待在光明里。”他说，并垂下头。

“你什么意思？”

“没事，我们玩飞花令吧。”他打起精神。

“好。”我说。

接到第五回合的时候，他突然沉默了，不发一言。

“你怎么了，没事吧？”我赶忙问他，自己都没意识到自己正带着哭腔。

他没回答，惨白和冰冷爬上他的脸颊，那双眼睛失去了焦点，呈现出尸体的散瞳。他的手垂了下去，头偏向一边。

在试图叫醒他失败之后，我死死地捂住自己的嘴，不让自己哭出声来。

巨大的孤独笼罩了我，那就像我和我的整个宇宙失去了联系。我浑浑噩噩地站起来，好像整个身体都不属于我了，我知道自己该走了，我该回到人间了。

抹着脸上的眼泪，我朝着门口走去。

就在我打开图书室的门的时候，外面一排排的书架开始轰然倒地，我吓得向后跌坐在地上。书从架子上飞出来，又在空中被气流撕成碎片。最靠近门这边的书架像一只手猛地挡在门口，发出“咚”的巨响，也挡住了图书室的出口。

我哭着想向后跑，而这个时候一双手迅速地覆在我的脖子上，把我摁到圆拱形密室的墙上，容不得我半点挣扎。

是子歆。他用那双失去焦点的眼睛瞪着我，疯狂地大喊着：“你不准抛下我！你永远不准走！”我知道他又失去了理智。

他如爪子一样的手越抓越紧，我快要喘不过气来了，只能发出又细又尖的丝丝喘息。

“子……歆！”

“你不准不管我！”他已经忘记了一切，恶魔控制了他，那个恶魔不认识我，不懂什么是爱，但他也如同子歆一样渴望我甜美的文字。

我头晕脑涨，眼前出现没信号的老电视里闪着的雪花。我觉得自己快要断气了。乱七八糟的记忆如走马灯一般开始出现，我知道自己离死不远了。

这个时候，在我五花八门的幻象中，我突然看到一把文具美工刀在跳舞，我强迫自己清醒一点，突然想起来那把刀就在我的口袋里！

我左手吃力地举起来，轻轻地拍打着子歆的脸，他的手稍微松了松，我就用尽全力大口喘气，右手则摸进口袋找美工刀。好不容易摸到那把刀的边缘，我把它从口袋里掏出来，但那把小小的塑料刀子对我来说有千斤一样沉。我把刀子推出来，对准子歆的手腕，把我全身的力量用在上面，然后捅了进去。

失去意识的子歆一声大叫，紧接着瘫软在地，我也摔了下来，脖子又胀又痛。我咳嗽了一阵，就开始大口喘着气，我从没意识到空气是这么甜美。

过了一会儿，子歆醒了过来，他恢复正常了。他不可置信地看着面前的一片狼藉，泪水在他的眼眶里打转。看到躲在角落里不断颤抖的我，他爬了过来，小心翼翼地把我搂进他冰冷的怀里，并用一只同样颤抖的手轻轻护住我的头。

“没事了，没事了……”他说。我在他怀里小声抽泣。

那天晚上回到家，一沾枕头我就睡死了过去。

梦中，在朦胧的浅海尽头，我看到两个孩子——两个如亚当和夏娃一般的孩子，他们赤裸着身体，在一栋昏暗的老德式房子里嬉闹着、共舞着。女孩跳到男孩的背上并搂住他的脖子大笑，男孩也在笑。他们一无所有，没有名字、没有语言，窗外的光亮映在两个孩子的脸上，末日即将降临在这两个纯洁的生灵头上，而他们毫不在乎，他们跳舞，他们浅吟低诵。男孩把女孩的长发编成马尾辫，女孩笑着把他推开。窗外，银色的细浪正在冲刷海岸，参天古树郁郁葱葱。黑暗中从来不藏有忧伤，他们熟睡着的云海永远不会飞进一只乌鸦。

第二天，我和父母大吵了一架。

他们所有问题的集中点无非就那三个：我到底去哪儿了？我还想不想上学了？我还要不要他们管了？

具体的吵架内容，我不想再叙述一遍了，耽误你们的时间。你们只需要知道结果就行了：妈妈把我的书都扔了出去，由于我的一点点落后，她就恨不得以头抢地，最后还是被爸爸控制住，拖回了卧室。爸爸摔烂了三只花瓶。我并没有像以往那样和他们大吵大闹，因为我理解他们。他们坚信并推着我和其他所有人一样去跑，跑向大学、跑向工作、跑向婚姻，最后跑进一个小盒子里，除此之外，他们并不知道人生还有别的选择。怎料到我背道而驰，跑进了田野。可我发现田野里围满境界网，我并不被允许看到后面的风景。可能我真的就不被允许拥有一种不受牵制的人生吧，就连想想也是可笑的。在我爸爸妈妈的脑子里不就是这样一个道理吗？

平庸的引力很大，人往往都是抵抗不住平庸的旋涡的，而现在，平庸也在吸我。我逃出家门去。

我又去找子歆了。我把手稿塞进他手里，催促着他赶快醒来，仿佛他是个投币机器。

子歆的脸上露出极其痛苦的表情，但他还是睁开了眼。

“饿……”他意识不清地说，那声音已经完全不像他的了。

可我今天没带肉，那可怎么办？我看看我的手臂，然后绝望地说：“没有肉，喝我的血吧。”令人惊奇的是，他竟然摇了摇头。我不确定面前这个怪物到底是子歆还是别的什么。

我还是把我的手臂举到他面前。

“我不要。”他说。

热泪开始冲出我的眼眶。

“你不用怜惜我，你是个死人了，而我也算是半死半活的，我和你又有什么大的差距呢？”

嗜血的僵尸子歆从石棺里站起来，没回答我，应该是默认了。他用优雅而令人震悚的脚步向我走来，我没有躲避，而是用一种看着陌生人的眼光冷淡面对他。我不能憎恨这个怪物，因为只要把他喂饱了，我的子歆也就饱了，我需要子歆陪着我，我真的需要。

他仍是把我推到墙上，但他的嘴并没有去寻找我的手臂，而是贴上了我的嘴唇。我闭上眼睛，眼睫毛逐渐变得湿漉漉的。他冰凉而柔软的嘴唇轻轻地吻着我，机械得像个傀儡。我能感受到他坚硬的牙齿。他唇舌间死亡的气味像一株枯萎的黑色玫瑰，用其温柔纤细且带刺的茎将我紧紧缠绕。

过了许久，他饶过了我，并贴近我的耳朵，用气息说："你知道吗，月，当你死后，蛆虫也会像我这般亲吻你。"他转过来，再一次用他清冷的灰色眼珠看着我，"月，你并不是个活死人。你活生生的，你有心跳，我却没有。上帝仍然允许你沐浴在阳光下，因为你是活的。我明白你渴望天堂，但你要知道，只有最优秀的人才会上天堂，最恶劣的人会下地狱，我们这些中间的人呢？我们只有人间。"

我用手堵住耳朵，泪水已经沾湿了我的衣服，我无声地大哭着。

"月，我已经是过去式了，我的一切都定格在6月20日，而多出来的这些日子，算是我欠你的人情。

"去生活吧，去寻找光明吧，即使是最平凡、碌碌无为的人生，也比和我一直待在这个墓室里要好。"

我捂住嘴巴，靠着墙慢慢滑落到地上，疲惫而绝望地抱着手臂。

他突然笑了，那是他露出的最温暖的笑容。他朝我走过来，在我面前单膝跪地，朝我伸出手。

"请？"

我牵住他的手。

他拉着我的手起来，邀请我到过道中间，一阵风呼啸而过，钢琴开始自己弹奏。我与子歆跳了最后一支舞。我能看出来他在腐朽，可他还是保持着温暖的笑。一看到他的笑，我就感觉内心仿佛有千万公顷蓝色的冰川在融化。我靠在他死寂的胸膛上，想起动画片《魔弦传说》里的话："记忆是世间最强大的魔法。"

一曲终了，我仍然不愿意松手，他继续和我拥抱了好久才放开。他躺进棺材里，万分疼爱地把那本完稿的《蜘蛛网》抱在胸前，结局正是他希望的那样。

"再见了，我永远的好朋友。"他说，温暖的笑容染上哀伤。

我不发一语，哽咽着握住他的手，他也回握。

"再给我唱首摇篮曲吧，让我睡着，好吗？"他轻声问我，就像等着妈妈念故事的小男孩。

我点点头，经过激烈的心理斗争才最终放下他的手，走向钢琴。《绿袖子》悲伤的旋律在墓室里回荡，魂灵和雾都安静下来，我仿佛能听到外面日暮下教堂的钟声，它像一位穿灰色婚纱的新娘，在空旷的月光下抬起漂亮的头颅，无穷的蝴蝶掠过海面，她也曾为之动容。梦中，她银灰色的翅膀拂过波涛的脸颊……但她最终还是躲到幽暗的阴影中去了。

十一

到这里，我和子歆的故事就讲完了。后来，我像子歆期望的那样过上了正常的生活，那些烦人的女生再也不敢来招惹我。虽然年级里还流传着我会巫术的传说，但我觉得这也不完全算是一件坏事。慢慢地，我也交上了一些真心的朋友，当然，是同样孤独的朋友。我们会一起去食堂吃饭，一起上下课，一起回宿舍，我们的话不多，但是对彼此的一切都能心领神会，这就足够了。

那个暑假，我和爸妈在某种意义上重归于好了，我们度过了一个快乐而完美的夏天。爸爸给我买了一台苹果笔记本电脑，从那之后，我就很少在纸上写文章了。青春的阵痛在高中三年随波逐流的生活中慢慢地逝去了，就像子歆说得那样，我拥有了一个平凡的、既不优秀也不恶劣的人生。但在人生几个不留神的瞬间，我会突然从母亲、妻子或者女儿的身份中短暂地逃出来，再一次想起和子歆那自由的最后一支舞，和他日日夜夜的文学幻想。只要一想起这些，我就不会觉得孤独，因为只有那一段记忆是独独属于我的，而不是基于任何功利而创建的。这些回忆就像我被宋羽暴打的那天中午我抱着的那本手稿一样温暖着我。我从来没有放弃过写作，也没有放弃过对自我灵魂的感知，这么说有点花里胡哨，不过确实是这个样。

我感受平凡、拥抱平凡，这比追求伟大更加需要勇气和热情。

多年后的今天，我带着即将上初中的小女儿再次回到山东大学，让她看看她心爱的山大附中。在某种程度上，她也算遗传了我。

我们把校园逛了个遍，我告诉她我原先是怎样和我的伙伴们在食堂里抢座位的、怎样在老宅里带着手电筒冒险的、怎样在英语竞赛课上辩论的。关于子歆的事，我却一点都没有提。

走到图书室的时候，我的丈夫带着女儿走在前面去看新的外语楼了，而我一个人呆呆地站在那里。

我正在为蔷薇花而热泪盈眶，它就开在图书室上面的石拱桥上。春天的绿色已经将图书室全部覆盖，几朵绒绒的小蔷薇则温柔地缀在上面，完全挡住了图书室的模样，让我无法看到它现在的样子。老外语学院门外春光明媚，像少女精致的梳妆盒。柳树动情地沐浴着阳光，桃花又一次绕着小径绽开。小的时候，每一个春天我都会和桃花照一张照片、摘一片叶子、写一本春天日志，这是作业，是山大附中对春天的情怀。

子歆现在一定沉睡着——睡在草香和花蜜之中，睡在山大附中的午后里。朝远处望去，葱郁的树冠之间，洪楼教堂宏伟地矗立着，我知道，就算我死了，它也会这样继续矗立几千万年。曾经的一切都这样热切地拥抱着我，从来没有哪个地方比山东大学更能让我感到这种归属感。我到家了，我告诉自己。

一瞬间，我突然感到一丝急迫：我觉得子歆还在阴凉的墓室里等着我，等着我新写的小说——比儿时那本《蜘蛛网》更新的小说，他等着我与他再一次促膝长谈，假若他的梦里没有文学，他该多么伤心和寂寞啊！我要穿过孤独的图书室，顺着那条长长的通道，从人间的春天走到子歆的世界，我们要一起读诗，一起假想那到不了的人生。

这时，我仿佛听到子歆在叫我，带着那种无比温柔又忧伤的语气，每当听到他这样叫我，我就能立刻平静下来，知道一切都没关系，一切都会好的。我立刻转过头去，原来是我的丈夫在叫我。

回家的路上，我想，子歆仍然在这里。他的坟墓将永远在春日温暖的怀抱里，他对我的每一丝倾诉都藏在山东大学那永不停止的树声里。

山东大学的春天永远不会结束，山东大学永远不会让她的孩子孤独。

再不会有一只乌鸦飞进他所沉睡的洁白云海里。

君埋泉下泥销骨，我寄人间雪满头。

慈爱的手
亲自将你埋葬

暑假即将到来，敏当了回状元。

殊不知她已经站在坑里，

妈妈的土就要掩埋到她的膝盖。

一

这是敏从考了全市第二名以来第一次做梦。

久违地，她终于见到了颜色。她兴奋极了，黄色令她颤抖，白色令她痴狂，红色令她失去理智。

这次，她梦见自己在马戏团里，被关在盖有猩红色布的笼子里，和侏儒、大力士、文身怪物和大胃王一样。她看到外面怪诞单调的红白舞台鲜艳得像一块巨大的阿尔卑斯糖，引力带动整个世界旋转着，令她眩晕。舞台周围坐满死气沉沉的暗黄色稻草人，它们衣冠楚楚，一双双有血有肉的眼睛以令人恐怖的神态转动着。

妈妈是魔术师，穿着黑白礼服，戴着滑稽的帽子，一言不发地站在舞台的黑暗中。她做着浮夸的动作，把小丑、侏儒请出来，开始尝试着让他们听话、表演。侏儒头重脚轻地走出来，站在旋转的红白旋涡中央，稻草人们张开腐朽的嘴大笑，露出里面锋利的秸秆茬。无助的侏儒饿得皮包骨头，昏昏欲睡。妈妈推来一个很高的架子，最上面放着一盘烤鸡。妈妈转转手腕，侏儒开始不断地跳，竭尽全力伸长小手去够。他就这样如丧尸般绝望地蹦跳着，稻草人们发出更加歇斯底里，如草垛一般干燥的大笑。最后，舞台融化了，出现一个旋涡般的深渊，侏儒掉了进去。妈妈恭敬地鞠了一躬。

帷幕短暂地拉起，又打开，大胃王上场。妈妈推来一车书，有《莎士比亚全集》《资本论》等，书上印着妈妈的名字。大胃王好奇地吃书，可是这个推车仿佛是个无底洞，上面的书怎么也吃不完。妈妈面无表情地站在他身后，他就像被魔鬼驱动着，如自杀一般，缓慢地持续往嘴里塞书。坚硬的书皮划破他的嘴角，书页卷曲舒张，撑着他的皮肉，直到他像气球一样炸开，稻草人再次喝彩。妈妈鞠躬，帷幕关上。

最后轮到敏上台了。强光让她脆弱的视神经难以承受，臆想出的疼痛传达到大脑。聚光灯下，还有两个她学习上的竞争对手。他们三个中间有一把木头椅子，音乐响起，是她最喜欢的《匈牙利第五号舞曲》。他们三个开始围着椅子转。敏如饥似渴地盯着那把椅子，她需要得到它，她甚至能想象到自己趁其余两人还在茫然移动的时候，快速坐下的样子。她死死地盯着椅子。音乐一停，她使尽全身力气把身体推向椅子，可是重力变得如此奇怪，让她就像在水底，脚下一滑，身子反而飘了出去。另外一人得逞，敏极慢地摔在了地上。稻草人开始大笑，敏的鼓膜都要被震裂了。有的稻草人甚至笑得头都裂成了两半，一半掉到地上，砸出腐败的稻草，但仍然发出极为恐怖的笑声。

凌晨五点半，敏大汗淋漓地醒来，回到了无色的世界。一口气像石头一样尖锐地卡在她喉咙里，她热得难受，距离妈妈给她定的闹钟响起还有半个小时。她有气无力地咽了一口唾沫，两条腿像被虫蛀了的木头般酥软。

她戴上眼镜下床，听着隔壁妈妈的鼾声，打开语文课本，开始复习课文。读了一会儿，她开始收拾书包，里面的东西单调得可怜——厚厚的一摞课本、脏兮兮的笔袋，还有哮喘药。

敏在镜子前站的时间出奇地长，盯着自己在年轻人中间突出的脸蛋，却丝毫不觉得美丽。不知不觉地，她用手一遍又一遍地蘸水，然后把马尾前后的碎发抹到头上去，甚至到了一丝不苟的地步。恐惧开始令她六神无主，她停不下来，还在一遍又一遍地抹着头发，直到最后她强迫自己左手抓住右手才停了下来，从镜子前离开。

她陷入了自己眼里黑白色的世界。她穿梭在面无血色的人群中间，就像在无数个大大小小的灰色齿轮之间游走。她走进了学校。她的目光从来不会偏离前方，她穿着灰色校服的背挺得笔直，走的路线笔直，她绝不允许皮鞋踩到走廊的黑白大理石砖缝里。有的同学见到她便开始窃窃私语，可能是在讨论她的成绩；有的同学看着她撇嘴，可能在厌恶她的怪。更有那么一两个人，他们的脸在敏的眼里黑白对比鲜明，像新鲜饱和的墨水，又像白颜料。他们看着敏，高贵的嘴角施舍给她一点弧度。敏的目光被他们短暂地吸引了一下，又很快回去看着她的路了。她的眼睛蓦地睁大，双拳攥紧，指甲陷进肉里。他们竟然是……

他们是她的劲敌。母亲就是为了他们而抓狂的。虽然这次她侥幸超过了其中一位，但是她内心深知，他们的实力和心态比她强太多。被超越的恐惧和不安又一次挣脱、爆发。但很快，她又昂起头，没人知道她高傲、强大的外表下经历了怎样的心态崩溃。她拐进了自己的班里。

同学们一看班长来了，纷纷像闭气的羔羊一样住嘴了。班里那个又高又胖的恶霸往敏的身上扔了一个纸团。她捡起来打开，里面有污言秽语和粘连的痰。她抬起头，眼睛睁得更大了，眼珠子几乎要瞪出来，显得极为恐怖且不真实。教室在她眼里变得更亮、刺眼。她的鼻翼翕动着，肌肉抽动，但是她选择走到自己的座位坐下。恶霸满意而愚蠢地笑着，和他的马仔击了个掌。

中午，餐厅里人潮涌动，女生蹦蹦跳跳的皮鞋声和男生跑动的声音在餐厅的木地板上密集地交流着。因八卦而引起的小声娇笑、因兄弟出糗而爆发的大声嬉笑、因考得不错而赢得的赞赏，都和着餐具的美妙碰撞声在餐厅上空自由流动，到处洋溢着少年们如青竹一样的活力。

青春是敏无法用任何一种明亮度的黑白灰定义的东西，她并不理解，于是她便厌恶。她低着头打包饭菜，把塑料袋系好，工整地放进书包里，然后立刻离开了餐厅。她回到空无一人的教室，打开手机，给妈妈拨打电话。她每天中午和晚上都要及时给妈妈汇报计划完成的情况以及考试成绩。敏一句一顿地说着，妈妈在那边用肩夹着电话给她在计划表上打钩。过了一会儿，敏紧张地笑了一下，看来计划完成得很好。

晚上放学，班主任又要找敏谈话。班主任是个脸皱成一团的刻薄老头儿，戴着方框玳瑁眼镜，有着厚眼袋的双眼闪着老派教师才有的傲物之气。在敏看不到颜色的眼里，他的脸仿佛版画上刻着的部落凶恶图腾。

“敏，应该知道成绩和排名了吧？”

“嗯。”

“学部老师都认为你这回发挥得不错，很有潜力，期末可能会有更大的前进空间。你这次虽然是第二名，但是和8班的第一名差距不大，也就拉开了2.5分。”

敏把背挺得笔直，强制自己扬起下巴，努力从这位老头儿的眼里寻找到哪怕一丝赞赏和满意。

“可是，敏，你知道我个人是怎么看待的吗？”

敏不自信地抽动了一下眼皮，嘴抿得更紧了。班主任把他那张面无表情的老脸凑得更近。敏闻到一股专属于中老年人的气味，是腐败的味道。

“我觉得学部老师说得对，说得太对了。”他咧开嘴，露出满口的牙。

“我觉得你一定能超过8班那小子，不对，是必须超过。敏，你想想，你是什么层次？你爸妈是那么厉害的法官，虎父无犬女，你的能力也是学部所有老师有目共睹的，这次的落后，说实话，我不满意。为什么8班那位能得到那2.5分，你就不行？敏，这很难吗？不难吧？”他的脸上显出如百年树干的干枯纹路。

“不难，老师。”

班主任向后倒进掉了皮的漆皮座椅里，树根一样又粗又老的手指满意地在椅子把手上敲着。

“下一次战役，期末考试，敏，把这个第一名拿下。”他一字一顿地说。

敏突然觉得这个老东西的脸在融化，散发着沸腾的腐臭味。恶心的感觉从胃里不可抑制地涌起，在她记忆中，恶心是绿色的。恶心迅速淹没了她的五脏六腑、气管、眼睛，绿色充满了本来只有黑白色的干净视野。她突然瞪大眼，捂着嘴踉跄地跑出办公室，冲下楼梯。在人们麻木而怪异的眼神中，她背靠一楼走廊的墙，慢慢蹲下。她觉得自己快要断气了，便强迫自己冷静下来。她从包里摸出哮喘药，然后缩成一团，用瘦骨嶙峋的手紧紧握着药瓶，闭着眼开始吸。

过了很久，真的过了很久，恶心和憋气的感觉才离开她。她颤抖着睁开眼。黑白的世界回归平静，没有模糊，没有散光，没有……融化的脸。

妈妈严格地给她划定了失控和理性的界限，她意识到自己刚才算是失控，这是她在老师面前第一次失控。同学们走得差不多了，天色已暗，远处穿着黑色劣质制服的保安在滚动门前等着下班。

敏挺起胸膛，手插在口袋里走出学校。

紫罗兰色的日暮，在敏的眼里是浪漫的深灰色。

几个男生在桥上用书包打蜻蜓，力度大，速度快。有的蜻蜓被打晕了头，糊里糊涂地低低盘旋着，然后被手快的男生一把抓住，小心地放进透明笔盒。有的蜻蜓正中书包的靶心，经历了致命一击，跌到地上，一边抖动着折断的翅膀，一边艰难地在男孩脚下爬。男孩们毕竟不是为了伤害它们，于是便带着新收获的宠物勾肩搭背地离开了。

敏走到那只跌到地上的蜻蜓前停下。那只蜻蜓很漂亮，有闪着光的身体，以及修长脆弱的薄翅。它伤得不算厉害，身体比较完好，它在敏的脚下晕头转向地爬着。敏居高临下地看着它，用鞋尖轻轻碰了碰它。她发现自己不急着回家了。她一动不动地和这只昆虫对峙着，看着它挣扎，看着它自以为是地庆幸。突然，她抬脚向它踩去。

那一瞬间，她仿佛突然看到了颜色。蜻蜓光滑的身体在她眼前炸裂开来，散发着酒精的香气，带着美丽的诱惑。看着那只蜻蜓生前原本色泽鲜明的身体流出汁液，她想要落泪。她用脚更加享受而仔细地碾着，感受虫子软的、硬的部位在脚底碎裂，最后她拿开脚，看着地上的虫泥，自己都没意识到，她满足地笑了。

二

周末，妈妈大发慈悲，为了奖励敏期中考出好成绩，带她去了植物园。

植物园在敏的童年里是五彩缤纷的。那个时候，她还没有生病。翠绿的树，一重又一重，有优雅的柳树、天真烂漫的法国梧桐，白色的树干上面有好多“小眼睛”。那里有迎春花嫩黄的笑颜、玉兰树洁白的花瓣，还有小朋友玩耍的红红蓝蓝的塑胶游乐场。她记得小时候还会和妈妈一起来喂鸽子。戴着红色太阳帽、穿着亚麻工作围裙的大姐姐会给她装满一纸杯小弹珠一样的鸽子食。有时候，大鸽子会站到敏肩上，妈妈就咯咯笑。

如今敏16岁，再次来到这里。

炽热的白光从黑发一样的柳叶间穿过，打在敏的脸上。植物园可能还是意味着快乐和童真。

敏站在儿童游乐场旁边。妈妈问她要不要喂鸽子，她点点头。她像阴森的雕塑，举着鸽子食，每把手心里只放三粒。鸽子们好像认识她，也可能是因为她一动不动，让它们有安全感，有三四只鸽子扑腾着翅膀站在她胳膊上、肩上。鸽子的小嘴啄着她的手心，痒痒的，敏无言地看着它们抢食。

妈妈给她拍了张照，笑着对她说：“我们家敏，从小就跟小动物是好朋友！”接着妈妈神秘兮兮地走过来，搂住敏的脖子，

“你看，你喂过的小鸽子肯定都在心里祝愿你期末考试考得市第一呢！它们都是你的吉祥物！是不是啊，敏敏？”她捏捏敏的脸蛋，敏很疼，她爱怜地笑了。几只鸽子看妈妈过来就无趣地飞走了，等妈妈走后，它们又继续笨拙地飞来索食。

今天公园里的人不多，敏走到一个更僻静的地方，傻鸽子们跟着她。她看着站在她手上的鸽子深灰色的脖颈。它那动动停停的机敏小头轻轻啄食，带动胖乎乎的脖子，光滑的羽毛被阳光照得亮闪闪的，看起来慵懒又讨喜。

她这次往手上放了一大把鸽子食。接下来的场面在她眼里就像慢镜头。鸽子开心地埋头狂吃，甚至都不再东张西望了。她等到鸽子吞咽的一瞬间，猛地用手死死掐住它柔软的脖子，转头僵硬地往树林深处走去。

敏从来没有摸过鸟，此时这只自由的生灵就活生生地被她抓在手里，小心脏咚咚狂跳，发出无辜的叫声。敏内心大喜。她走到树林最深处，把鸽子举到面前。它圆溜溜的眼里充满了疑惑和惊恐。

敏的脑海中闪过刚才妈妈跟她说的话。

“你喂过的小鸽子肯定都在心里祝愿你期末考试考得市第一呢！它们都是你的吉祥物！”

敏疯狂地摇了摇头，企图把刚才那些话从脑海中摇晃出去。她的表情开始变得狰狞，抓着鸽子的双手开始收紧。

此时，感到疼痛的鸽子开始挣扎，想要从敏的手中逃出去。在挣扎中，鸽子的爪子抓伤了敏的手，有鲜血涌了出来。

此时，美妙的色彩再度在她的脑中绽开。殷红的血液粘在鸽子的翅膀上，像恶魔的舌头，肮脏的血腥味让她更加着迷。闪着光的光滑羽毛的颜色由浅入深，像放在粉色绸缎中间的灰珍珠，变化万千又无比真实。鸽子丰满而挺拔的小胸脯下是细腻凌乱的白色绒毛，滚烫的温度融化着她，像年轻母亲滴着蜜的胸。她甚至仅仅是看到就能想象出这被风抚摸过的羽毛擦过她鼻子的极致触感。红与灰的碰撞，是鲜艳的对抗，像巨大的电影荧幕，用有血有肉的视觉将她紧紧包住。她微微张着嘴，抬起头，双眼失神，吐出断断续续的喘息，完全沉浸在幻象带给她的快感中……

当一切结束时，刚才还是鲜红色的血又慢慢变回无神的灰黑。敏用包里偶数份的餐巾纸擦了擦手，又很细致地把用完的纸巾叠成小方块。

妈妈需要敏的时候，敏总是及时出现，从来不会迟到，无论她在干什么。敏在妈妈看不见的地方，把惊慌失措的鸽子和纸巾一起扔进了公园的铁皮垃圾桶，然后向妈妈走去。

三

噢……亲爱的敏又做梦了。

她又回到那个盖着红布的笼子里。但这次，她看到一只……一只鸽子。它穿着妈妈曾经穿过的黑白礼服，衣服被鸽子的胸脯险些撑开，绒毛从衣缝中间露了出来。鸽子转着被肌肉围着的溜黑眼珠，小小的头也跟着一晃一晃的。拥有恐怖笑声的稻草人观众又如约前来，共聚一堂，观看敏的表演。

敏一阵恍惚，在清醒之前，就已经被请到台上。她坐在椅子上，面前是一张盖着紫色魔法桌布的圆桌，桌子中间放着一把枪。

这次她的对面是芸。她早已对芸的印象模糊了，上次见她，也是很早以前，初中毕业的时候。

芸和敏一起长大，但芸更像普通孩子一些。她从小喜欢跳芭蕾，一直是每一个芭蕾团体中的佼佼者，这可能就是人们口中的"天赋异禀"。芸的学习成绩不如敏，虽然一开始两人不相上下，但自从芸的妈妈同意她高考时参加艺考，将来走芭蕾专业后，芸就落后于敏了。芸很善良，很阳光，但敏不喜欢她，可能是因为芸后来就不把敏超越她一事放在眼里了吧，这种感觉让敏很难受。

此时，敏的故友芸就坐在她面前，穿着粉红色的芭蕾舞裙，露出线条优美的肩和颈，皮肤泛着健康的淡粉色，美丽的脸上带着舞台妆，眼皮上抹着带亮片的蓝色眼影，眼里露出芭蕾舞女的天真和执着。

"我怎么看得这么真切？"敏想。

这时候，鸽子说话了，竟然是妈妈的声音。它举手投足都显示着它是妈妈。它走上前，羽毛下露出一只人手。这只手拿起左轮手枪，打开弹仓，倒出子弹，只留下一颗，然后扣上，转动。操作完成后，它又严谨地把枪放回桌子正中央，向观众席鞠躬，尾巴翘得高高的，露出毛茸茸的屁股，然后极具表演性地张开翅膀，意思是“敬请观赏”。

俄罗斯转盘转动起来。

敏从电视上看到过。她开始恐慌。她甚至从鸽子妈妈把枪放回桌子上的一瞬间就明白了这是场死亡游戏。而对面的芸还是带着天真无知的笑容，仿佛一直停留在敏印象中12岁时。

她们抛硬币，芸输了。

敏如释重负地笑了笑。一定是芸先死。跳个破芭蕾有什么可横的？看看她那可怜的文化课总分！

芸很轻松地拿起枪，调皮地抿着嘴，仿佛还是在玩什么儿童小游戏。她扣动扳机，什么也没发生。她把枪随便放回桌子上，单纯而期待地看着敏。

敏看着那把放得很随意的枪，心中的焦虑更深一层。她用满是汗水的手拿起枪，感觉枪格外沉、格外滑溜，她的身体格外燥热。

“不会是我。”她面对枪口的太阳穴发胀，她闭上眼，扣动扳机。是空弹。她庆幸又不怀好意地把枪放回桌子正中央。

单纯、满怀梦想的艺术生和优等生继续游戏。她们又进行了几个回合，每当其中一人开枪又安然无恙时，观众席上的稻草人就发出一阵欢呼。

游戏的次数越来越多，遇到子弹的概率越来越大。芸又一次安然无恙，她傻傻地把枪放回去，吸着嘴唇边等敏，边没心没肺地东张西望。

敏感觉自己的心像是被放在嗞嗞作响的平底锅上来回翻炒一样，她的耳朵奇痒难忍，嗡嗡作响。她感觉自己快忍不了了，枪油散发的臭味越来越浓郁，她恶心得就快吐了。她腾地站起来，一把抓过手枪，芸眼里露出“不过是一个游戏，至于生气吗”的惊异眼神。敏把枪管塞进嘴里，咽下那股死亡的恶臭。

鸽子妈妈出人意料地波澜不惊，看着台下惊呆的观众，仿佛一切都在它的掌控之中。它已经做好谢幕的准备了。

敏浑身颤抖地握着枪，眼泪混着口水往下流。她向鸽子投去一个绝望的眼神，鸽子回瞪她，仿佛是在催促她赶紧扣动扳机。敏开枪了，这一枪是有子弹的，货真价实的巨响。

敏再次被扔回黑白现实，还好，她的哮喘没犯，冰凉的汗珠顺着她瘦骨嶙峋的背淌下来，像蛆虫爬过墓碑。挂表秒针转动的嘀嗒声一下又一下挑着她脆弱不堪的神经，她感觉膀胱又酸又胀，不确定自己是否还有控制大小便的能力。

四

8班的“市第一”今天来找敏。

门外滚烫的日光投射进阴凉的屋里。他逆着光站在门口，身后一片白，五官却是一片漆黑。敏仅能感知出那不怀好意的笑。他的衬衫解开一颗扣子，露出他自信又有掌控感的胸口。敏一动不动地坐在自己的位子上，握着笔，阳光投在她冰冷的细高鼻梁上，使她看起来像没上发条的写字机器美人。他带着隐匿在黑暗中的笑容，走向敏。

“哟，还在用功学习呢？”

“我好像不认识你。”

他有些苦恼地揉揉头：“你忘了？我和你一起上台领过奖，经常跟你打招呼，啊……你也没理过我。”

敏没抬眼看他一次，她很从容地抿抿嘴唇。

“不过没关系，你这么漂亮又这么优秀，没注意到我也是正常的啦。还有……我从来不想为了成绩上的事你争我抢，我妈妈说她不在乎这些，他们说只要我尽全力，他们永远为我骄傲。相信你也是。”

敏罕见地笑了一下，虽然笑容如此僵硬，但在他眼里是不可多得地动人。

“当然不。”

“我觉得你啊，太紧绷了。你看别的女孩子在这个年纪都多爱打扮，你还这么朴素。小居里夫人？”他带着爱怜笑了起来。

“妈妈不喜欢我这样。”

“噢……那好吧。我觉得你有的时候得适当放松一下。我们可以一起去图书馆看看书什么的……或者你想去哪儿都可以，你说呢？”他很紧张地看着敏。

敏看向这个富有家庭养出的男孩，刻薄的脸蛋露出毫无笑意的笑。

“我觉得你应该离开了，我不想麻烦老师。”说完，她把脸转向她的课本，屏蔽这个男孩脸上可能会出现的失望、不满或伤心。不管怎样，“市第一”离开了。写作业的时候，敏的圆珠笔戳破了好几层纸。

这天放学，卖各种花、鸟、鱼、虫小动物的脏摊子又一个个出来了。一筐又一筐的小鸡白绒绒的，兔子也白绒绒的。几个初中部的小女生弯着腰正看着小鸡说笑。满脸油灰的脏老头儿并不理这些不付钱的小孩子，独自专注于抠又脆又皱、塞满泥的指甲。

这时，敏的眼前又浮现出8班那个男孩的脸。那张脸永远模糊，身后的强光总是让敏的色盲眼痛苦不堪。

她突然灿烂地笑了起来，蹲下去看小鸡，用手指逗着，然后用天真美丽的大眼睛看着老头儿，询问价钱。随后，老头儿赚得了今天的第一笔钱——敏抱走了整整一纸箱小鸡。

敏正为脑海里那只五彩缤纷的万花筒痴狂，不惜一切也要再次见到。血的味道、永动机般着魔的双手、无辜的陨落对她来说都无比新鲜。黑色和白色，对她来说，和善良、邪恶搭不上一点边。此时她那流着涎水、冒着红光的痴狂正不露声色地注入这箱小鸡。

“市第一”又一次出现了。怎么回事啊，怎么就是甩不掉他？！

他站在桥的尽头，因为他听好兄弟说敏可能会经过这里，所以他在这里已经等待很久了。他学着敏那样将领口系紧，第一次感觉到爱恋的年轻面孔上带着闪光的期盼。他看到敏往这边走来，紧张地摸了摸手背，站也不是，靠也不是，最后才有点无助地把头探出桥的花岗岩栏杆，柳枝像远航归来的季雁，在他耳畔顺着夏风的呼吸摆动着，桥下自暗处涌出的河水带来清新的风，托抚着他发烫的脸庞。

心无旁骛看着小鸡的敏猛地被面前莽撞的少年拦住，她吓得以为自己深陷噩梦之中。

“哇，你怎么买这么多小鸡？”他惊喜地说，垂下头逗着。

敏支支吾吾，长长的睫毛不自然地颤动着，她把目光转向别处。

“是要养吗？我还是第一次看到有人买这么多小鸡，你好有爱心哦。”他笑得更灿烂了。

“其实，我……我养不了这么多。”

“那我知道了，你是为了救它们吧。我听说，这些彩色小鸡如果卖不出去，很快就会发病，很痛苦的，死了就会被拿去喂狗，都逃不掉的。真可怜，这么小就被从妈妈身边夺走。”他惋惜地说，但掩饰不住得知自己喜欢的高冷美人也有柔软一面的喜悦。

原来这些小鸡是彩色的吗？敏的情绪终于不再因为警惕而深深紧绷：“我看不到颜色的。”

“你是……我很抱歉。你这么美好的人，却看不到颜色的美好啊！”

敏不在乎地摇摇头，也伸手和他一起抚摸奶声奶气叫着的小鸡。

“为什么它们是彩色的呢？”敏问。

“好像就是把染色剂抹到小鸡身上，慢慢地染色剂就会渗透进它们的皮肤，然后小鸡就会因为中毒而猝死。多么致命的美啊！”

敏突然不说话了，身体像被按进了沼泽，僵硬地定格了一瞬。

少年有点担心地看着她：“别伤心，至少它们被你买回来了，至少它们可以被人爱着，比在又热又脏的街上死了喂狗要好。如果……你养不了的话，我可以和你一起呀。”

敏怪异地看了他一眼，但这次她竟然没有拒绝，连她自己都吃了一惊。

敏回到家时，妈妈还没有下班。她今天没有完成任何该死的计划，她径直走进厨房，拿出捣蒜的臼子。

她抓了一只唧唧叫着的活泼小鸡放进臼子。小鸡不明所以地东张西望，小身子扑腾着想要从光滑的花岗岩臼底爬出来，但是毛茸茸的一团还是摔倒了，它看上去不那么在意失败。

敏眼前所见像信号不好的老电视画面，彩色和黑白开始扭在一起，像噼里啪啦等待爆炸的烟火。她用右手握住捣子，捣子很沉，让她想起梦中的手枪——愚蠢而致命地沉重。捣子在护眼台灯下投出野蛮的影子，盖住小鸡，它仿佛也是感受到了某种不详的气息，把头转向一边，抵触地缩在臼子壁上。

色彩的诱惑像蟒蛇的尾巴，又像带毒的藤蔓，缠绕着敏的右手，引导她狠狠地砸下去。她闭上眼，为了感受即将到来的惨叫，为了感受毛、肉和骨碎作一团的软，为了感受她的老朋友——颜色。

但敏这次做了一次废物。她发现自己下不去手。捣子掉落在书桌上，发出一声闷响。她的右手仍然颤抖着停留在半空中，它看上去和敏一样不可思议。小鸡宝宝被刚才“哐啷”的一声响吓得不轻，无助地叫了起来。敏突然对颜色感到一丝恐惧，为了压制这种念头，她迅速把差点成为凶器的工具放回了厨房，利索地在储物间清理出一块空地，然后把小鸡箱子放了进去。

她像幽灵一样躺到床上，闭上眼，脑海里全是今天下午那个少年的脸。她感觉头痛，但是又感到前所未有地平静。

五

一只断爪的老鼠在壁龛里居住了一千年，

无法凿穿坚硬的花岗岩，某个黄昏，

它吱吱叫着奔跑，越过了大道。

为的是不再返回那个洞穴，

无论是今夜还是明日拂晓。

——布罗茨基《残缺的雕像》

我们这代人的希冀在何方？

千千万万个和敏一样优秀的学生都没有思考过这个问题，因为他们的父母已经自以为是地替他们思考过了。为了获得幸福和一席之地，伟大的牺牲必不可少。

敏的妈妈对这方面的理解可是专业的，有着超乎常人的深度。敏的妈妈喜欢在法庭上操控一切。她喜欢独立，还喜欢女儿木讷的美丽，喜欢每天打满钩的学习计划表，喜欢在其他家长或同事赞颂她育儿有方时，从容地抚摸自己美艳、微泛光泽的指甲。作为从小在单亲家庭里长大的女孩，弱肉强食的信条刻在她的心里。她不是个做事拖泥带水的人，她相信理性能战胜一切。她会为了她所渴望得到的东西抓狂、发疯，为了实现那神圣的目标献祭一切，她不会动歪脑筋，她所展示的就是她所有拥有的。她会除去一切阻挡她的障碍，无论这障碍是否是她所爱的。她会在一定范围内酌情处理，其中包括适当的暴力、适当的谄媚、适当的强权、适当的羞辱。但这不代表她不爱敏，不不不，完全不是这样的。她最爱的就是敏，她存在的意义也是为了敏。她需要敏去实现某种至高的荣耀，来为其独一无二作证明。她的孩子永远都是最优秀的。虽然敏十二岁时患病，后天得了色盲症，但是这并不会改变什么。她很欣慰自己的女儿像她一样冷静、自持、自律，甚至到了可怕的地步，但是这些品质在她眼里都是多多益善。

但是这种爱也不是无偿的。她相信孩子就是巴甫洛夫的狗。优秀是一种条件反射，品格和灵魂是可以训练出来的。如果敏没有训练成功，那她只是可悲的失败者，她不再是一个母亲，只不过是一个生产了平庸的人。敏的妈妈需要成绩，需要独一无二的第一。她希望自己的孩子有走上巅峰的资质，以前她只是想，只是希望，但是随着敏越来越强，把生命中的一切都奉献给了成绩，她才意识到，她的孩子必须是第一，必须是。

敏十四岁那年，正在上初二，她的名次第一次进入年级前20名——第14名。妈妈看了看分数，发现敏和第10名的差距并不大，于是她再也笑不出来了。那天大雨滂沱，敏满怀期待地站在校门口等领成绩的妈妈，但等了一个小时。等到妈妈面无表情地接上湿透的敏后，敏竟然提出要回家睡觉。

妈妈不知怎的就抓狂了。她不知道这个毫无感恩心、一点也不出色的孩子到底为何提出这个无理的要求。这个孩子已经背负了不出色的罪名，何苦还要再加上一个懒惰？她开始咆哮，尖厉的恶毒脏话像生锈的铁钩从这个中年女人的嘴里喷涌出来，她像猛兽一样捶打着方向盘，疯狂地摇着披头散发的脑袋，涎水滴在了裤子上。车开始一晃一晃，轰鸣、颤抖，敏吓坏了，但这不是妈妈所关心的。她受够了，她对自己说。于是她打开车门，解开安全带，把敏从车上推了下去，就像因为害怕罚款而匆忙扔下了垃圾。

敏惊恐地跌坐在混着沙泥的雨水里，看着妈妈开车飞驰而去。

妈妈后来的情绪一直很平静，但从来没有跟敏保证过这种事不会再发生。因为这样做没什么，谁家父母不训孩子呢？再说了，孩子也有孩子的好处，他们肯定很快就会忘了。

妈妈现在感觉自己很有资本，因为她能在敏不听话的时候摔碎敏面前的任何一把椅子，掰烂敏任何一件宝贝的东西，把敏喝的任何一杯水泼到她的脸上。妈妈现在心里一点也不慌张，一点也不。她相信这回女儿能拿下第一，直到她看到空空如也的计划表。

敏把小鸡们养在家里的储物间，除了每周来打扫卫生的钟点工阿姨会去那里拿东西，妈妈从来不会去那里。敏每天都去厨房偷偷打开落满灰尘的大蛇皮袋，从里面掏一把小米，放进空的坚果易拉罐里。她害怕小鸡咬不动，就往里面倒了些水，和了和，再送到储物间里小鸡们的大纸箱中。

小鸡们已经活了两天。它们像所有幼年的生物一样好奇、好动，无辜的小爪子踩在巨大世界的一角上，透着一种不可忽视的无力感。储物间里有一股淡淡的消毒水味，混着木头的潮味，这气味就像一位温和的长者，让敏安心。

白天去学校，博——“市第一”——会经常来找她。在夏日干燥无味的暖阳中，博的脸在敏眼中变得不那么模糊了。她辨认出了他弯弯的眼睛、瘦而白的脸颊、无言笑着的嘴唇。

博经常来问小鸡们的事，还给敏带吃的，最重要的是，他给敏舒缓压力。他盛情邀请敏一起放学走回家。敏在经过长达一个周的拒绝和不耐烦后，终于妥协了。

“其实如果你已经到了这个水平的话，名次是第一还是第二也就不重要了，那都是机缘巧合，风水轮流转。你越这么执着，越达不到目的。”博靠在夕阳下的桥上说，然后他打开一罐可乐，发出“呲”的一声。

桥下的河水在安静地律动，像盖着黑色丝绸熟睡的美人。

“真的吗？”

“我骗你干什么？还有，这世界上还有很多比成绩更重要的东西。我不来自我的父母，不来自所谓的天赋异禀，我自苦难中走来。”

博看着她。

“大家总是认为自己有了钱就会快乐，成绩变好就会快乐，为了美整容就会快乐，喜欢的人到手了就会快乐。但说实话，这些东西太廉价了，用它们去交换快乐，就像用五角钱去买一艘航空母舰。”

“开不开心什么的，对我已然不重要了。你怎么能说那些东西比快乐廉价呢？”

博低下头，很无力地笑了一下，竟然流露出一种不该属于他的苍老感：“敏，你爱什么？”

敏说不出来。

“你的成绩为别人定义了无数种优秀，但是你是否真正想过，让自己开心才是最优秀的天赋？”

敏蹙眉，这是她从小到大都没有听过的天方夜谭。她眼前的黑白仿佛直到这一刻才开始拥有它们模糊的意义。博像画质粗糙的老电影中的角色。这个角色企图用让人难以理解的道理说服她，那双在画面中看向她的眼睛却犀利得恐怖。

“那我怎样才能开心起来呢？”她羞涩地笑着问。

博沉默了一会儿。

“你知道吗，即使你什么都不做，什么都不说，你在我的眼里也是非常重要，对整个世界也是。”博灿烂地笑，但是让人觉得那笑背后的意义不明，是否为不可言喻的悲伤？然后，他消失在桥的尽头。

六

期末考试就定在下周。

敏以前每次考试前都会哮喘得厉害，还会心悸，很难睡好。但是这次她竟然感到莫名地轻松，那个一直在心里绑架她、折磨她的执念仿佛突然间消失不见了，她这周从来没有失眠过，也很少做梦，总是一觉睡到天亮。

她尝试着让自己放松，并不那么紧绷着学习，大部分时间都在照顾小鸡。她以前只是面无表情地给它们放下食物就离开，现在她露出了罕见的笑容。

这天降温了，敏穿上薄坎肩，回到房间里准备看书。但是她突然开始心悸。她有些艰难地深吸了一口气。她的身体早就因为这个家练就了超强的预知能力。她闭上眼。某些事情就要发生了，敏不愿意去想象。所以，作为暂时的逃避，她闭上了眼睛。

这时，妈妈已经出现在门口。

“宝贝。”

敏的面部开始扭曲，她不敢扭过头去看。

“如果可以，你能告诉我，为什么今天的计划表没有打钩吗？”听起来妈妈像是笑了。

敏所有的语言能力仿佛一瞬间被麻痹，她徒劳地张张嘴，舌头沉得像大理石。

“是不是完成之后忘了？”妈妈的语气还是很温柔，但是已经充满威胁。

敏在妈妈看不见的地方用手死死拽住衣服，被汗浸湿的衣服很粗糙。她的思绪转得飞快。

“妈妈，不是，我——”

妈妈打断她：“如果不是这样的话，那是因为什么？”妈妈的笑容冷冰冰的，仿佛凝固了，“难道你没完成吗？”

长久的沉默过后，敏终于决定开口。

“妈妈，对不起……我太累了。”

“累是什么意思？”

“我……不想天天都这么学，我很累，妈妈。”

“你知道什么人才会说累吗？嗯？”

“呃……”

“失败者，亲爱的。”

“……”

“你知道谁不累吗，宝贝？”

“不知道。”

妈妈的声调突然升高，之前虚伪的温柔立刻消失：“没有人不累，宝贝，没有人。你觉得原来咱们隔壁考上清华大学的哥哥不累吗？你觉得这回的市第一不累吗？你以为好大学、好工作都是怎么来的？他们累。他们都很累。你的妈妈更累。”

敏瞪大双眼，看着妈妈。她的视野突然变得好亮，她的眼睛很干，她想流泪。

“我累，我都快累死了。我天天给你做饭、刷锅、刷碗，盯着你的学习和计划。我告诉你，就别人家那些孩子，人家妈妈还没这么卖力呢。想想你小时候的朋友，就是那个芸，人家妈妈就不管。她还没这么多事。现在好了，我在这儿跟个老黄牛一样关注你的学习，你自己倒先不在乎了。”

妈妈的嘴唇抽搐着，无神的双眼缓慢地凑近敏。除了自己恐惧而呆滞的样子外，敏无法从妈妈那双眼睛里再看到其他任何东西。台灯的光线被妈妈挡住，在墙上投出畸形的阴影。

“你说说，我是不是闲的，我是不是犯贱？”

“妈妈，你怎么能这么说呢？”敏的眼泪夺眶而出。

“你说什么？”

“妈妈，你真的好烦，你能不能别天天让我考第一了？”敏从呜咽变成崩溃大叫。

妈妈静静地看着敏。她突然冷笑一声：“好。好。你骂妈妈。”

“我没有！你别再逼我了，求求你了。”

“我为自己孩子好就落得这个下场。好。我今天就把话撂在这儿，你要是这回不把这个第一名拿回来，你就不用再回家了。我这个当妈妈的就这么说了。

“你别跟我说累，你再敢说累我就扇你。你想长大上街捡垃圾？你必须给我学习，一会儿都不准落下。你知道就在你在这儿抱怨的时候，多少人正在超过你？

“一切都是为了高考，高考就是一切。这种人话，你怎么不多听？”

“我不……我想要开心……妈妈……求求你了，我想开心……”敏用嘶哑的嗓子大声哭喊。她突然挣脱妈妈，踉踉跄跄地跑去储物间，抱起小鸡们夺门而出。

天快黑了，深灰从高处慢慢地垂下来，盖在高大的松树林上空。冷漠的风闻起来有夏日的青草味，但这一切都与她无关。她用疯狂颤抖的手掏出手机，给博打电话。

“嘿！敏……你……你怎么了？”博的语气里充满了担心和疑惑。

“快来，带铲子。”敏有气无力地说，但她听不见自己的声音。

“我用执着烧死了所有的幼稚和不成熟，那片荒野里慢慢长出了理智和冷漠。”

在敏等待博的时间里，她靠在松树上，身体慢慢滑下来。她感觉身体已经不属于自己了，恍恍惚惚间，仿佛一切都不重要了。刚才由于恐慌引起的剧烈头痛像是变成了某种固体，尴尬地存留在她的脑壳里。慢慢地，她哭也哭不出来了，泪水让她感到极端疲惫，她觉得自己快要倒下了，但又很清楚地知道自己会永远这么麻木地坐着。她看着膝盖上盒子里的小鸡，努力去想象它们五彩斑斓的样子。有几只小鸡明显已经发病了，恹恹地靠着盒子的一角，尾巴湿漉漉的，并不吵闹，身上散发出奇怪的气味。

它们就快要死了，但那残忍的无知还会支撑着它们忍受折磨，直到生命的最后一刻。她觉得自己正在抱着一盒子缩小版的自己。

博在深深的树林里发现了敏。她呆呆地看着地面，脸上的泪水已经干了。

“敏……”

“刨个坑吧，帮帮我，博。”

博看着敏怀里抱着的小鸡，再看看自己的铲子，一阵悲哀涌上心头。一轮恶月在松树林上空升起，落下冰凉的月光。敏坐在地上，玉一样的手臂交叠抱着盒子，头像掉线的木偶昏昏欲睡地垂着。晦暗也在这时爬上少年的脸颊。他没有拒绝，把铲子插入泥土。

敏又开始流泪。她抱着小鸡走向那个坟墓。她颤抖着把几只小鸡放进坑里，它们这回没有挣扎，也没有逃脱。它们像乖巧的患病天使，在“妈妈”的爱抚中，仿佛再一次回到生命之初。它们互相紧紧地靠着，缩成一团，闭上眼睛熟睡。

敏开始号啕大哭，博不知怎的也在一边默默啜泣。夏夜里，小鸡们的身上突然开始出现积雪，盖住它们僵冷的身体。敏不可置信地抚摸着它们，怪异的爱第一次从她的生命中喷涌而出。她抓过旁边刚挖出来的土，感到异常冰冷。那一瞬她又看到了色彩，那是冰冷的蓝，从纯白的封冻中透出来，带着雪崩的力量。她鼻子一酸，仿佛能闻到那颜色辛辣刺鼻，还带着泥土的苦臭。

她就这样大哭着，在泪水朦胧的视线中，用冻僵的手不停地把土盖到小鸡们身上，一开始只是盖住它们的小脚，然后是身体，后来就连小鸡们稚嫩的小嘴也被土掩埋了。

小鸡们孱弱的身影再度在她的脑中浮现，她一边哭，一边尖叫。失去知觉的手在这积雪的冻土上不断地抚摸。博不忍心，蹲下来搂着敏的肩，把头转到一边。她不知道自己该去向何方,她真的不知道。松树林看起来又深又远，她不知道它能不能通向黎明的童话国度。

慢慢地，敏平静下来，小时候的种种记忆像褪色的画片温柔地向她涌来。她看到奶奶坐在摆满晚宴菜肴的桌旁，看到泡沫，看到长得像芸的芭蕾舞女孩八音盒，看到捕鼠器抓到一条鲫鱼，看到一只有着博声音的斑马。然后她睡着了。

七

清脆的下课铃从很远的云端传来。

坐在考场里的少女一阵恍惚，从课桌上抬起头来。马尾搭在她的左肩上，此时随着她的动作缓缓滑了下去。少女有些迷茫地抬着头，环顾四周。考场教室高而冷，一阵阵夏风从高高的窗吹进，像温柔的长丝绸。今天的阳光明媚极了，黑白的一切都亮晶晶的，很耀眼，让人感到不真切的眩晕。

敏呆呆地看着已经工整答完的试卷。周围的同学里，有的还在解着方程式，手指深深插进头发深处，苦恼地挠着；有的守着乱七八糟的卷子，百无聊赖地看着表；也有自认为答得不错的，很轻松地笔直坐着，双手放在膝盖上。敏的世界从来没有这么嘈杂愁苦、焦虑、自信、解放等不属于她的情感，五颜六色，默默挤在这间考场里。

她向窗外望去，博正站在学校外的人行道上看着她。头顶的树声一直没有停止。她回过头来，隐隐觉得有什么不一样了，是来自她幼稚而苍老的灵魂深处的不同，这种不同像小鸡身上的彩色，真实地存在，却难以被色盲发觉。她完整了。

暑假即将到来，敏当了回状元。殊不知她已经站在坑里，妈妈的土就要掩埋到她的膝盖。

好哥们

他和深渊从未谋面，但却一见如故。

把脚伸出去，他，选择拥抱深渊。

一

他把车停到离房子很远的空地上，套上夹克，打开后车门。看着座椅上的半打啤酒，他想了想，没有拿。高端宴会上自带酒水的人会被视为傻子。他想："拉倒吧，总不会浪费的，我可以等宴会散了之后和他们两个去小区旁边的烧烤摊喝一会儿，那里距离我做婚姻心理咨询的地方很近，就当是一起叙叙旧。"

他锁好车，四处张望，有点紧张地摸了摸自己满是胡茬的下巴，一副小里小气的中年男人形象。老实说，他和他的两个哥们很多年没见过了。是十五年还是二十年？在过去那么长时间里，他很少想起他们，但是一听说他们今天也被邀请参加宴会，他就兴奋起来。他迫不及待想要看到老朋友都变成了什么样子，想知道他们都从事什么工作。他们一定过得比他好。

他思前想后，决定无论如何都不能让他们两个知道他失业了。他要誓死维护他上学时就算调皮捣蛋也能取得好成绩的天才形象。没错，无论怎样搞砸一切，他永远是个天才，他直到现在都这么想。他绝不会告诉另外两人他是怎么大肆篡改公司账本，无视公司的所有规则，还试图乱摸举报他的小女实习生，最后被老板呵斥出门的。

这明明无所谓，对吧？他上学的时候常常在同学们的嘟囔声中被班主任扫地出门，有时候也去政教处喝茶，但是他总把这些当作无上的荣誉，仿佛出丑的不是他，而是老师。他是个坏蛋，他将来绝对是个颠覆世界的大人物，没人治得了他。不同的是，以前他被扫地出门，期末还是考第一，女孩们还是喜欢他。而现在他被扫地出门，意味着他没有了生活来源，他那比他更浑蛋的儿子会因为爸爸没钱买玩具赛车而闹掀屋顶，早就对他失望的妻子又要打包行李回娘家。

现实就是现实，这个世界不是任何一个人的舞台，做蠢事就得付出该死的代价。他早已没了当年的风光。曾经他瞧不起那两个哥们，现在他没了傲慢和说风凉话的立场。他的内心深处是希望他们两个混得比他好的，因为他是最讲哥们义气的。

他们在哪里呢？刘的目光突然停留在路边一个抱着篮球的胖男人身上。那个男人独自站着，带着和刘一样因初来乍到而生的不安。男人臃肿的外表没能遮住那双刘再熟悉不过的眼睛，彷徨的眼神和男人的体形并不搭配。他皱巴巴的粗手指在篮球上轻轻敲着，看起来可笑极了，令人永远不会想到这样一个老男人和篮球这种东西有什么关系。

刘激动极了，他结结巴巴地喊出那个名字：“王……王寒！”

胖男人回过头来看着刘，反应了几秒钟，随后脸上露出笑容。刘惊觉那笑容和十几年前一丝不差，就像仍然年轻的王寒被囚禁在这副油腻躯壳里一样。

刘加快脚步，王寒也从远处向他走来。

“老家伙，又见到你了，你现在怎么这副模样了？”刘笑着用力拍王寒的厚肩膀。

“天，男神就是男神，你又帅了，岁月这把杀猪刀没怎么对你下手吗？”王寒也调侃道，但两人内心都清楚这是假话。

这时候，有人拍了拍刘的背。刘回头一看，只见一个英俊却憔悴的男人捏着朴素的公文包带，小心地朝他们打着招呼。

两人相视一笑，爆发出一阵欢呼。

“真正的帅哥来了！天，李成江，你终于来了！我就知道最帅的一定是你！”

李成江谦虚地低头笑了笑。刘用力地抱了抱瘦高的李成江，王寒也加入进来，用厚而暖的手臂将两人搂在怀里。

“兄弟、即将开幕的盛宴，还有喝不完的酒，这简直是四十多年来发生在我身上最快乐的事。”刘想。

三个人生疏地客套了几句，就很快找回了上学时亲密无间的交流方式。

“这张请柬上说今晚是‘美酒之夜’，光是冲这个我就兴奋了好久。”王寒憨憨地笑了笑。

“到底是谁举办的宴会啊？哪儿有这么好的事？”刘看了一眼李成江，然后眯起眼，吃力地研究起请柬。

“反正富人做慈善，咱接受就行了，少问问题。”王寒说。

“我听人说是个年轻女企业家，她就是经营酒水的，今天是她公司的开幕仪式，办个宴会既是给自家的酒做广告，也是为了热闹。”

李成江耸耸肩，继续说：“听说这个女企业家可漂亮了，真正的白富美、女强人，懂吗？”他向往地眨眨眼。

“哇哦，好男人李成江说什么呢？杨黛绿知道吗？”刘起哄。

上学时，李成江和杨黛绿是所有同学眼中“爱情”的代言人。两个人有缘极了，小学和初中都在一所学校，高中虽然不在一起，但没有什么能打败他们之间坚不可摧的爱情。一个是年少有为的英俊少年，另一个是相貌普通却风情万种的少女，这样的爱情谁能不羡慕？

杨黛绿从小爱打扮，对于一切与外貌相关的事都有着超出常人的高要求和毅力。她是个强势且自以为是的小花，总是动用自己的姐妹团扫荡校园里的一切眼中钉，有点“社会一姐”的架势。然而李成江对于她“江湖”上的事并不过问，只是一直做自己的事，成为其他女同学暗恋和仰慕的对象。他才不会为了女朋友停止散发魅力。李成江知道杨黛绿的一切喜好，也就是对化妆品的喜好。他不计价钱地为杨黛绿买了十多支口红作为她的生日礼物，让她能够在社交软件上声泪俱下地敲出“终于相信了爱情，你就是我的星河”这样的文字，然后发表，让别人羡慕她拥有完美的男友。他们会在假期里约会。杨黛绿穿着露腰的小背心和李成江在商场、家里、学校外的餐馆、KTV里留下他们约会的照片。两人忠贞不渝的爱情让同学们口耳相传，最后他们成为传说，成为榜样。同学们用“至高无上”“圣洁”“最甜蜜”“最青涩”等词来形容这两位的爱情。世间哪一对恋人能比得上他们？世间多少爱情能让人相信是被月老、牛郎织女、丘比特祝福过的呢？最后，他们得偿所愿，结婚了，但多年无子。

事实上所谓天之骄子的李成江没有很大的作为，初中之后的人生就变得相当平庸了。他凭借擦边的成绩考上了名牌大学，但天天为了维持和杨黛绿的感情，多数时间都在外鬼混，功课落了不少。本科毕业后，他匆忙找了份工作，做了程序员。杨黛绿毕业后没有找工作，后来在好友的劝说下，开了一家美甲店。李成江勤俭过活，杨黛绿还是爱慕虚荣。他们不再是昔日校园里的校草、校花，一个只是单位里相貌还不错的前辈，另一个是美甲店里人老珠黄的老板娘。但他们是幸福的，至少在我们看来是的。

“大部分情况下，人越长越大，爱情就会越变越淡。”李成江说。

可婚姻算得上哪门子爱情？

“没事，兄弟，女人终归是女人。”王寒安慰他。

“我们的婚姻不过是她自己的婚姻，什么事都得围绕着她，她的节日是节日，她的父母是父母，我的就不是了？我以前给她买首饰是因为爱她，现在只是为了让她闭嘴，别整天跟个母鸡一样絮叨个不停。她跟以前一点都不一样。”李成江干涩松弛的眼眶发红，他忍住哽咽，愤愤地说。

其实男人的眼泪一点都不少，刘想。

“婚姻不过是两个糟糕的人并肩接受生活的毒打。”王寒说。

“我希望杨黛绿别再这么幼稚了，她怎么就不能学学这个女企业家？！人家漂亮还能自力更生，好想被这样的女人保护啊！”李成江说完小心地看了刘和王寒两个一眼。

“嘿，女人再厉害，能蹦跶出什么景来？”他们三个低声笑了起来，他们从没觉得自己这么男子汉过。

“王寒，你现在在干什么？”

上学的时候，王寒头脑简单是出了名的。他从没主见，但是很听“雇主”的话，“雇主”让他骂谁他就骂谁，仿佛别人的事就是他自己的事。谁的东西丢了、谁的女朋友提分手了、谁的篮球场地被学弟抢了，他都会当自己的事去处理。他曾经因为这些事而被找过家长，但显然他的家长不会来，这就更坚定了他为别人卖命的心。毕竟，学校里任何一个同学都比他父母更关心他。他小时候白白胖胖的，还很壮，一双耷拉着眼皮的眼睛却很讨别人喜欢，刚入学就被起外号叫“猪”，他也不介意。他全心全意爱着这些开他玩笑的同学，当然，女生除外。曾经有一个女生笑着叫他“小猪”，他就不客气地骂了她三天，对待女生，他从来很不友好。众所周知，被开玩笑多了的人慢慢地也会增加别人对他的好感，班里的男孩都和王寒成了好哥们。王寒尤其爱跟着刘混，跟着他调皮捣蛋，欺负学弟、学妹和老师。他们玩着那些恶心又无聊的恶作剧，让人嗤之以鼻。

王寒内心还隐隐记得，有一次闹事，狡猾的刘让他背了锅。不过眼下他们三个好不容易团聚，他不想提起这些事。

“我现在……”提到这个问题，王寒有点慌恐，坐立不安，不难看出，他现在变成了一个特别胆小的人。不对，其实他一直胆小。

“说就行，大家都是哥们。”

“职专毕业后，我在车间工作了一段时间。老板说我的上升空间可大了，毕竟咱们都是重点学校的毕业生，到哪里人们都会对咱赞赏三分。后来……我出了点事——酒驾，没法在车间待了，只能去幼儿园里当清洁长工。老天，我简直就是那些小屁孩的箭靶子。”他脆弱地捂住自己的大脸。

刘拍了拍他，内心窃喜，开口道：“你的孩子多大了？上小学几年级了？”

“他现在上大学了，我要孩子早。”

“不错啊，我老羡慕你了。”李成江说。

“是啊，我儿子学习一直挺好的，跟我可不一样。但他自从进入青春期，都好长时间没跟我说过话了。我猜，就连他都瞧不起自己的老爹吧。”王寒深深地叹了一口气。

“兄弟，没事，告诉你们吧，我失业了。”刘不忍地说，苦大仇深地咬着嘴唇低下头。

“不应该啊，你那么厉害，不用学习都能考得那么好，你忘了你初中的演讲了？天选之子？”

“我当然记得啦，你们两个没脑子的蠢货别再说了，不然我要你们好看。”刘想。他虽然在笑，但脸上的表情很不自然，小时候的反社会人格马上就要显露。

还好王寒和李成江没再继续往下说，都很照顾刘的面子，安慰他。

他们又聊了聊以前的事。

“对了，我们当时为什么叫‘秋名山四剑客’？”王寒突然说。

李成江面露恐惧和嫌弃。

他们三个很快就同时模模糊糊地想起一个人，但又很快就一笑了之，看起来很不安。

“行了，我看快到时间了，咱们是不是该进去了？”刘说。

“可是，除了我们，到现在我都没见一个人影啊！”王寒说。

李成江的眼里也闪过一丝不安。

“或许他们来得晚，毕竟来这里的都是些大佬，哪会像我们这样闲，早早就在这里等着了。有钱人嘛，从不守时。”

刘自认为幽默地眨眨眼，他希望这样能让另外两人放松点。

他们耸耸肩，能免费喝酒、蹭饭就是他们最有效的定心丸。

他们勾着肩搭着背，走出中年人生的阴霾，向着远处亮着神秘灯光的豪华庄园走去。

二

大门开着，看来女主人已经到了。李成江紧张地和两个哥们相视一笑，他感觉自己瞬间年轻了几岁。

走过缺少修整、一片杂乱的前院，他们来到落满枯草甚至躺着几只死麻雀的大理石台阶上。他们都没有说出自己心中的疑惑，都不想被对方嘲笑是胆小鬼，也不想毁了这次注定嗨翻天的免费晚餐。

远处大门的灯光看起来无比鲜活、有温度，这让李成江想起女人，让刘想起皇冠，让王寒想起爸爸和妈妈。

他们耸耸肩，一步步向它靠近。

巴洛克风格的大堂里空无一人，但是门口摆着三张高脚桌，放着三杯酒。

应该是给什么重要人物喝的，他们三人互相交换眼神，暗暗确认。

“咱还是别动这些东西了吧。可能会场还没布置好。”李成江说。

他们没有动桌上的酒，至少前十分钟没有动。

刘带头打破了规则。他想：“管他的呢！我们原来是那么桀傲不驯的少年，再落魄也不至于沦落到考虑别人的感受。”

“我想，他们会再给这些酒的主人满上的，咱们喝了也不算咱们的责任。”刘说，紧接着拿起杯子一饮而尽。

天！这酒的口感又酸甜又辛辣，仿佛被赋予了生命的精灵，独一无二的味道，比他买的那些廉价啤酒好喝多了。温热的感觉让他替自己的喉咙感到幸运，就像除夕的夜晚看到了满是烟花的夜空。

“真不错。”他无意识地说出这句话，感觉自己仿佛刚刚从另外一个世界回来。

另外两个人也迫不及待地拿起杯子品尝，果然不错。

李成江很不安，没敢全喝完，留了点底。

以前他们喜欢一起玩游戏、打篮球、骗姑娘，现在他们的最爱不约而同地变成了酒精。他们是哥们，永远的哥们。

很快，酒劲上来了，他们开始觉得头晕。

王寒像一头被麻醉的大象，瘫在地上骂骂咧咧。李成江看着酒杯傻笑，也在迷迷糊糊地说胡话——关于工作、关于薪水、关于出轨。

刘觉得头好沉，但是他现在感觉好极了，他觉得自己是世界之王，曾经年轻的感觉又回来了。

他想起了自己的名字。

刘不只有一个姓，他不再是单位里一个只被用姓氏称呼的无名小卒。他有名字，他就是世界之王，他要所有人听到他的名字都腿软下跪，就像动画片里的动物膜拜它们的万兽之王。没有什么是他做不到的。一个学期都没上化学课？没事，复习一周他就能比所有人考得好。看不惯班主任？没事，只要在班级合唱比赛上大闹一场，就能让所有人知道他的厉害。新来的女物理老师太温柔？那他就把篮球砸在灯柱上，让她这个二十多岁的“小哭包”求着辞职。

“都给老子跪下！”他大吼，涎水疯狂地从他扭曲的嘴角涌出来。他一脚踢翻小桌，其他两个人吓了一跳，但很快便笑了起来，就像以往无数次在他干完坏事之后为他起哄。

刘大笑着。他感觉自己回到了初三那场篮球赛上。他是场上个子最小的那个，穿着很大的队服，其他所有有着运动天赋的高个子都得听他的，他享受那种感觉。他知道女生都为他疯狂，女生就喜欢他这种坏小子。所有人都尊重他，没错，这尊重是他用数不清的哗众取宠和留校察看得来的。

“等老子登场吧，地球，等老子登场吧。”他呐喊道。

后来，他们三个慢慢睡去了。很快，他们的大脑就会完全失控。

三

刘听到了八音盒中奏出的《致爱丽丝》。他瞬间惊醒，后背开始冒冷汗，刚刚还很麻木的身体迅速恢复知觉，心脏怦怦狂跳。他不能听这个音乐，这是他永远的心理阴影。他想抬起手揉揉眼睛，但动弹不得，还在那一瞬间他骂了一大串的脏话。他的视线很模糊，不过渐渐地他看清楚了——他坐在一张复古小沙发上，准确说，是被固定在上面，他的双手被两条拧成一股的硬铁丝紧紧地缠住，生了锈的铁丝根部深深扎进沙发里。他的肩部和双腿也是一样被缠住。

其他人都去哪儿了？

刘吃力地转头，感到一阵剧痛。他看到李成江和王寒还在，也同样被固定在沙发上，只不过他们还没清醒。

他们的面前是一张桌子，上面有一个纸盒，还有一台音响。整个屋子处在黑暗中，只有桌上一盏绿色台灯照着室内仅有的三个活物——他们。

刘有生以来第一次陷入恐慌。他恐惧这种陌生的感觉——身体被限制。他感到口干舌燥，心脏仿佛正在顺着一根冰凉的钢管滑向地狱，他侥幸地以为这是梦境。但很快恐惧的后劲无比尖利地侵袭了他的全身，他像一头被抓住的猎物，开始毫无章法和理智地挣扎，用力和铁丝对抗。他的脖子快疼死了，感觉就像被人用铁棍砸断了，他没法回过头去，从未这么恐怖过。铁丝随着他的挣扎慢慢嵌入他的手腕，他丝毫没法控制自己停下来。他试图用干涩的喉咙大喊，求救。但是没用，他的声音太小了，只是诡异而可悲的哀鸣。

“他们两个是不是死了？我是不是最后一个活着的？”他想。

各种残忍的电影桥段开始涌入他的大脑——虐待、凌辱、枪杀。但他最怕的是未知的危险。这该死的未知！

最后，刘累了，体力的透支强迫他冷静下来。被冷汗浸透的感觉让他感到很窝囊。他觉得李成江和王寒没死。

他的这番挣扎还是管用的，至少弄出些噪声，让其他两个人醒了过来。

先是李成江，他喝得少。他晃晃脑袋，迷迷糊糊地醒了过来，然后开始尖叫。

过了一会儿，王寒的身体开始动弹，他埋在胸前的脑壳缓缓抬了起来。

“伙计们，这是怎么回事？”王寒带着奇怪的哭腔问。刘僵硬地摇摇头。

“嘿。”

刘听到这个声音，差点吓晕过去，他发疯一样来回看，他想知道到底是谁在说话。最后，他发现声音是从桌子上的音响里传来的。

看来那是个智能AI音响。

“你们都醒来了？”音响发出人的声音。

“你是谁，你要干什么？”刘说出这句话的时候，身体毫无知觉，他觉得他的舌头麻了。

“这是个宴会，派对，记得吗？”音响说。

他们三人互相看了一眼。

“我们来玩个游戏。请打开你们面前的盒子，拿出第一个隔板里的卡片。”它发出指示。

“你该不会是个有自我意识的反人类AI吧？”王寒不安地看看它，又看看“智多星”李成江，可这会儿李成江也给不出答案。

“不，有人在通过我跟你们说话。现在请用手摸沙发右侧，你们会发现隔板，里面有钳子。

“用钳子打开固定你们手臂的铁丝，然后打开你们面前的盒子。如果你们敢不按照指示做，这间屋子里的炸弹可以随时爆炸。”

王寒和李成江很听话，但刘在心里计划着出逃。打开铁丝后，他们活动了活动手腕，然后拿起盒子。

盒子里面有两块隔板，把盒子隔成三部分。他们拿出第一部分的卡片。

“这次的主题是猜谜语。”

他们三个人不安地看了一眼对方，接下来他们一定不好过。

“王寒，请你先开始。”

王寒抽出一张卡片，看到上面的字，露出迷惑的表情。他把谜面念了出来：“一人捉，三人藏。捉到二人回学堂，剩下一人来喂狼。打一组织。”

三人听完，脸色瞬间变得惨白。

刘想起来了。他全想起来了。他终于知道扼住他们喉咙的无形的手是什么了。但他没有勇气继续想下去，对方是谁，他心里已经有底了。现在最重要的是，王寒得想出那个该死的谜题，如果王寒想不出来，那个人会对王寒做出什么，他没法想象。

王寒呆若木鸡，可以想像他那构造简单的大脑正绞尽脑汁思考这个谜语到底和组织有什么关系。他现在像极了上学时被老师叫起来回答问题，却一无所知的样子。

此时，刘格外清醒，他开始飞速思考。显然这个谜语是根据真实组织编出来的，那么谜面中最值得推敲的就是数字。纵观所有字，数字分别是1、3、2、1，那1、3、2、1到底意味着什么呢？他低下头，使劲闭上眼睛，努力让自己不被当下的情况所打扰，专注于思考。这四个数字到底是什么意思？是日期？他不知道13年2月1日成立了什么组织，更别说1321年发生了什么。那还有一种可能，就是字母。1、3、2、1分别对应a、c、b、a，这很有可能是什么组织的名字缩写。ACBA！他想起来了，是美国华商会，这就是答案。他上预科班的时候听老师提过。他欣喜难耐，更多的是蔑视。他想：“你无论到什么时候都这么弱，还想难倒我？”

刘看了一眼旁边的李成江，他给了刘一个认可和轻蔑的眼神。刘知道李成江一定也想出来了，可是王寒想不出来。普通人都不一定知道美国华商会，更别提王寒了，而且他可能正陷于回忆中。

豆大的汗珠正顺着王寒的额头淌下，他厚厚的皮在电灯的光下显得更加油腻。他的眼珠无助地来回转动，但这帮不了他。

刘和李成江不打算出声，一旦出声，说不定他们也会完蛋。

“他没法想出来了，可怜的猪。”刘想。

“你超时了。”音响中发出声音。

这时，刘和李成江甚至没反应过来，王寒的头顶上空就突然飞下一把菜刀，笔直地掉落在王寒的右手上。王寒迟钝地发出极其锐利的尖叫，这种本该属于女孩的尖利声都能把他的喉咙划破。鲜血飞溅开来，几乎一瞬间，王寒手里的卡片就被血染红、浸透，变得软塌塌的，掉到地上。他的胖手被刀刃切开，隐约露出里面的骨头和肥厚鲜嫩的血肉，手还没断，但是像橡皮泥那样弯了下来。由于剧痛，王寒的身体抽搐着，他不可置信地用左手捏着右手腕，面容扭曲，尖声哭喊。

李成江彻底吓呆了，他的嘴微微张开，因为下一个就轮到他，王寒的血还没干透，就到他了。

刘并不担心李成江，因为他这样高智商的人一定不会被难住的，不会有和王寒一样的下场。“加油啊！伙计，一定要加油，不要让那个幕后的人得逞。”他想。

操控音响的人话很少，只是简单地发出指示。

“请你拿起卡片。”

李成江的喉结动了一下，他自信地拿起卡片，他的优越感又回来了。

“大雄有多啦A梦，瑞克有莫迪，你也有小精灵，如何让你像个男子汉？扔掉小精灵的东西。如何让心爱的姑娘消气？都怪小精灵的魔力。小精灵是会生金蛋的母鸡，你要打开它的肚子，看看还有没有别的惊喜。打一人名。”

李成江彻底沉默了。刘看不出他在思考。

“不应该啊，加油啊，小天才！没什么题是你答不上来的，特别是这个人给你出的题不可能有什么水平，你不可能到现在都得不出答案。”刘不想再看到另一个人的手被砍掉了。

李成江当然有答案。他几乎在看到“人名”两个字时，就知道那个人要让他说出什么。

他绝对不能说，特别是不能当着这两个人的面说，说出那个不是他们认为的名字，那个人不是杨黛绿就算了，还是个男孩，他们会怎么看他？他这样一个所有人眼里忠心耿耿、浪漫的完美男友，不能让他们知道他是这样一个人、干过这些事，他绝对不会说。他不愿意让年少时自己和他人一块儿为自己塑造的假人设崩塌——那个品学兼优，最让人羡慕的A班优秀少年。但是不答题的后果更令他毛骨悚然。这是个艰难的选择，毫无疑问，他不说出答案，就会遭受和王寒一样的惩罚。

无论如何，他不能说出那个名字，无论如何都不能！他要坚决捍卫自己的形象，因为他一旦说了，他在哥们眼里就将永远落下女气、变态的印象。但他不想被切掉一只手，怎么办？

刘看到李成江时而痛苦难耐地仰起头，时而担忧地低下头，焦虑地咬着嘴唇。“他在纠结什么？这个傻瓜！”刘在心里气得直骂。

李成江还抱有侥幸心理，他觉得能拖一秒是一秒。

但是，太晚了，在音响冰冷无情地说完“你超时了”后，李成江就像被判了死刑的囚犯，脸上血色全无，眼睛蓦地睁大，刘和王寒垂下头，不愿看到接下来的场面。

铁丝开始缠紧李成江的双腿，他痛苦地低下头，抿着嘴流下眼泪。大片的血迹开始浸透他的裤子。

“有意思吗，巫婆？这就是你想要的？你就这么胆小？为了之前的一点事至于吗？我告诉你，没人把你当回事！你以为这样我们就能道歉？想都别想。”刘终于忍不了了，开始声嘶力竭地咒骂。

屋里没有其他声音，操控音响的人也没有回应刘的话。这意味着到刘了。无论刘怎么骂，都到他了。

刘平静地拿出卡片，缓慢地把有字的一面转入自己的视野。

“在有的人面前，他是老鼠屎。在有的人面前，他是乖狗狗，用信任在别人背上来一刀。在有的人面前，他又是孩子王。汪精卫、秦桧、犹大，你叫他什么都可以，无论如何，他将万寿无疆。打一词语。”

刘凝视着卡片，声音很轻，说出了那个词：“叛徒。”

那个人不会放过任何让他们自我羞辱的机会，她听到了，通过音响，满意地说：“优秀。这一局玩得真愉快。”

刘不是要脸的人，这也是他苟活至今的本事。

四

十四岁那年夏天，她刚上初二，刘海儿下面开始长那种又硬又疼的青春痘，还好不影响她的漂亮、秀气。她没有所谓的闺密，从某种程度上来说，她太过热情，没有女孩团体愿意接受她。这不是她的问题，只是因为她太耿直了、太好了，所以女生圈子不适合她。她与李成江、王寒还有刘一起玩，她羡慕他们的兄弟情，所以也想和他们做兄弟。她每天屁颠屁颠地跟在他们身后，像男孩那样起哄，像男孩那样衣冠不整，她相信自己一定是他们的兄弟。

她在网上转发了一条状态："有的女孩更爱跟男生玩，不是因为她们是女汉子，而是因为她们太善良，受不了女生之间的钩心斗角。"

在她眼里，男孩是最酷的、最好的，他们单纯、直来直去，会为了兄弟挺身而出，不会在背后中伤别人。她觉得那三个男生是她最好的朋友，他们一定也会为了她挺身而出。即使他们以后有了女朋友，她这个女汉子也一定是他们心里最重要的朋友。

王寒很酷，虽然他很胖，但是男生都喜欢他，叫他"猪"，多么粗俗却直接的表达爱的方式！所以她也叫他"猪"，谁让他们这么熟呢，是好哥们。但是她被骂了，王寒看她的眼神和看别人的不一样，好像真的很厌恶她。但是她不在乎。

她是个出色的画家，画得一手好画。在他们每个人生日的时候，她都亲手画一幅有他们四个人的水彩画送给他们。他们收到画后的反应并不大。男孩嘛，不会把感情表现出来的。

她喜欢跟着他们，她什么都不懂，毕竟她才十四岁。

那年暑假，王寒和其他学校的几个哥们约着在郊区打球。他们有的已经会抽烟了，真猛。

这时，她来了。她穿着粉色T恤和破洞的深蓝色牛仔裤，弓着背，张开手臂笑着向他跑来。其实她长得不错，学习也很好，但是王寒只要一看到她就会感到说不出的烦。

她天天跟着他们混，还一副很自豪的样子，但是哥们就是哥们，一个女的跟着会让他们很丢脸。他们从没和她撕破脸，因为他们需要她的腰包给他们解决所有门票、入场费、餐厅账单。毫无疑问，这个没朋友的可怜姑娘都会照做——她挺有钱的。

“王寒，我来了。”她笑着对他说，那种故意模仿男孩的声音有一种说不出的奇怪。

“来了就来了呗。”王寒说。

接着她开始不停地跟在王寒身边开玩笑，王寒时不时出点怪声就算是应答了。她更开心了。

“对了，我没钱了，我也不认识回家的路，你能顺道把我送回去吗？”她说。

王寒耸耸肩，他在想别的事，胡乱答应了。

他们进去打球，那个女孩从书包里拿出好几瓶矿泉水，弓着背跑进球场。

“你们能教我打篮球吗？虽然……你知道，我的技术很烂，我的胳膊特别没劲——”

王寒小声地打断她：“别了吧，改天吧，你不能跟我们一起玩。”

“这不是小姑娘的运动，丢手绢去吧！”远处一个扎着脏辫的黝黑男生笑着喊。

她只好坐到一边，有点失神。但她还是很勤快地给他们送水。

“那个女的是谁？她怎么这么二？”外校的同学一边瞄准篮筐，一边跟王寒说。

“呃，就是同学。”王寒说。

“她怎么还来送水？是你女朋友？”外校同学问。

“放屁，我要是能喜欢她，我还不如喜欢蛤蟆。”王寒撇撇嘴。

“那她为什么跟着来？难道她是你新认的妈妈？”

王寒要被激怒了，但是他不能跟别的学校的兄弟发火。他想出了个主意。

“听说她是坐公交车加走来的，她没钱了，让我送她，我才不送她呢。”王寒对外校同学说，然后咧开他的肉嘴，轻蔑一笑。

“那你怎么跟她说的？”

“我答应她了。”

“那你这样会不会不太好啊？你一会儿怎么拒绝她？”

“我跟她说得着？占别人便宜还有理了？”王寒说，“咱一会儿偷偷走。”

“哇哦，这样是不是太不讲义气了？”外校的同学难以置信地笑着说。

王寒很生气：“我跟个女生有什么义气？”

“好吧。”

于是王寒把她支走，让她去买纸巾。他和他的哥们在夜幕降临之前悄悄离开，留下穿得很单薄的少女在他们已经看不见的寒冷的山里。

有一年冬天，李成江跟杨黛绿已经在一起快一年了，按照小孩的话说，能在一起一年的爱情就已经是奇迹了。李成江为自己创造的所有奇迹骄傲，当然这个奇迹也是，所以他决定继续维持。

杨黛绿爱无理取闹，一开始李成江本招架不住她治男人的三十六计，但是后来他慢慢摸索出了规律：如果他回她的消息晚了，就发一大段话哄她，让她觉得自己的等待不算吃亏；如果她责怪他记不住重要日子，他就好声道歉，然后让她坐在自己腿上，亲手把各种日子的日期写在他课本的扉页上；如果她不愿他每天和哥们泡在一起，那王寒和刘就会一起去淘宝街买那种廉价眼影送给她，然后他耐心地陪着，直到她消气为止。

李成江爱杨黛绿吗？他爱，他确实爱，他能为了杨黛绿放弃竞赛课程，不去讨论她一窍不通的那些物理题，而是陪她四处闲逛。他在和杨黛绿表白的前一晚，想她想得彻夜不眠，翻来覆去，把床单都抓出了痕迹。他们在一起之后，他这个在别人眼里最内敛的人开始毫不顾忌地在朋友圈秀恩爱，告诉所有人，杨黛绿就是他的全部。在他眼里，最重要的人就是王寒、刘和“宝贝”黛绿。父母给他买自然科学书籍的钱，他拿出半数给杨黛绿买东西，他愿意付出一切让杨黛绿脸上的笑容多停留一会儿，他对她无微不至。杨黛绿因为感觉被人冷落而心情不好、生理期情绪不好、因为和姐妹关系不和而不高兴、因偶像不发微博而感到失落，他能够全数感知到。

李成江爱杨黛绿，但是他没说他只爱她一个。

有一次，他被杨黛绿发现了他和别人的暧昧聊天记录。

那天，杨黛绿在他打球的时候无意间看了他的微信。一个叫“莫”的联系人和他发过各种情话、甜言蜜语，甚至其中一些他也给杨黛绿发过。杨黛绿当然气疯了。李成江吓坏了，一晚上都冷汗不止。无论如何他都不能让任何人发现那个男孩。于是被逼无奈的李成江心生一计。

第二天，那个女孩又弓着背坐在他的桌子旁边，自信地和他讲物理题。他不愿意搭理她，因为从某种程度上说，她的理科解题思路和别人的很不一样，有时候甚至比他的思路清晰。但显然那个女孩没意识到自己惊人的天赋，她还是把李成江视为榜样，所以他只要打击她，她就不会兴致勃勃地讲她的解题思路了。他不知道那个女孩为什么一直跟着他们这个小团体。可能因为她喜欢他吧。李成江觉得所有接近他的女孩都喜欢他，所以他对那个女孩的态度总是很冷硬。在他们这三个人里面，那个女孩跟他走得格外近，很多男生对此嗤之以鼻。李成江从来没把她当女孩看过、对待过。

有一次上阅读课，她回过头来，小声和李成江交流，问他一道物理题的独创做法对不对。李成江起初没有回答，但是她一直没有停止，最后全班同学都停止打闹，回过头来意味深长地看着他们。该死的，他最讨厌别人把他和这个疯婆子联系在一起。最后不知道谁给他的勇气，他突然站起来，抓起她的物理演算本和一堆零散放在笔袋外面的中性笔、自动铅笔、荧光笔，一股脑扔到窗外。几秒后，外面传来本子散架和塑料碎裂的声音。

班里的男生兴奋地发出各种怪声起哄，女生也优雅克制地小声笑着。李成江发现自己爱极了看淑女们笑。于是刚刚产生的厌恶瞬间烟消云散，他放下笔，看着大家，像一个有天赋的明星。然后，他也笑了起来。他突然想到，为什么不能让她来顶替莫呢？让她来承受杨黛绿的愤怒，而且利用她遮掩自己的秘密，也不怕坏了自己的名声。反正她是一个无关痛痒的人。

李成江没有表达任何歉意，这倒让那个女孩以为都是自己的错，只要他别不搭理她。所以被扔东西的人主动向扔她东西的人认错了。她本来是在教室里跟李成江说话，但李成江有自己的小算盘，偏要到走廊里去说，正好在杨黛绿能看到的地方。

“听着，我当时不知道你的心情不好，我也觉得那个算法没什么。”她低着头说。

“然后呢？”

“我觉得你的做法才是最合适的，虽然计算量大，但是思路比较顺畅，而且逻辑也说得通。但是我那个……太跳跃了。”

“嗯。”

“我又自以为是了，真是的，我什么也不懂还这样，你能原谅我吗？我们以后还能做朋友吗？”她抬起头来看着李成江。暮色下，她的眼睛泛着昏沉的紫。

“我什么时候和她是朋友了？”他愤恨地想。

“不如这样，我们一起和你女朋友吃个饭吧，我也给嫂子道个歉，不该惹你生气。”她又自以为是，大大咧咧地笑起来。

李成江突然很用力地把她推开，大声吼道：“我对你没兴趣！”

女孩被吓了一跳，很迷惑地看着他。

“你说什么呢……”

李成江一脸苦大仇深地抱住头，对着她的脸大声说：“放过我吧！我是个有女朋友的人，别再骚扰我了，这样有意思吗？”

她呆呆地站在原地，眼里蓄满泪水。

李成江表演结束，转身离开。

这一切，杨黛绿尽收眼底。

这件事很快就被杨黛绿广而告之了，就连那个女孩的男朋友也知道了。不到一天，她就顶上了抢别人男朋友的骂名。她自始至终都不知道这都是李成江自导自演的。她一边向自己的男朋友哭诉，一边应对杨黛绿对她的臭骂。

“不是这样的，嫂子，我也没干什么啊！”

“别在这儿装单纯了，你们这种人不都这样吗？我告诉你，你以后不用在这个学校混了。”

“你先别骂我，你去问问李成江、王寒、刘，还有我男朋友，他们都能证明我和李成江只是好兄弟啊！”她急哭了。

杨黛绿去问他们三个，结果他们三个没说一句好话。

王寒说：“我和她不熟，别问我，反正干这种事的也没别人。”

刘回复：“我怎么知道？很早之前就烦她了，在班里光胡闹，这种女的能叫女的吗？就是一个疯子，还勾引别人的男朋友？第一次知道。”

李成江道：“她可恶心了，天天跟着我，微信里的莫就是她，是她逼着我和她聊天的。宝贝，你别生气了，也别伤害她，不和这种人一般见识。”

杨黛绿怎么可能不伤害她？

那天，她声嘶力竭地哀求这三个男孩保护她，陪她等杨黛绿走了再离开。他们三个拒绝了她，她只能一个人踏上回家的路。

杨黛绿在校门几尺外等着她，和其他姐妹在一起。黑暗笼罩着学校，静校铃响起，悲哀的《绿袖子》在教堂上空萦绕。杨黛绿的烟头随着她吸气亮起，映出她的面孔，一只眼睛闪着蛇蝎之光。

第二天，她的脸上多了一个烫伤的疤。

五

几年后，他们毕业了。刘再一次凭借自己的聪明才智考上了重点学校。考试前，他每天不务正业，骗了一堆本来学习还不错的同学跟着他一块儿玩，最后他们考试考得稀烂。这是他最快乐的事。

毕业之后，刘和社会上的一些人走得格外近。他新添了一些好哥们：大男孩鲍泽希、“佝偻老板”夏复兴，还有台球室老板的儿子关海。鲍泽希性情极暴虐，大字不识几个，但很会哄姑娘开心，她们都叫他“温顺大熊”。“佝偻老板”这个外号是江湖上其他人给夏复兴起的，他个子矮且佝偻着背，但是个富二代，学习不错，是他们这些人的头儿。关海人很好，免费让他的朋友们打台球。

刘愿意跟着这种人玩，这样才能显示出他的义气。一开始关海只让刘一个人付钱，刘觉得这是因为他们还不熟悉，所以对他略有戒备，只要他们相信了他，这份友谊将是最珍贵的。

几个月来刘只是跟在他们后面，夏复兴说去哪儿，他们就得去哪儿，刘在这个圈子里很边缘。但是由于他在重点学校里的人脉，他们不愿甩掉他。老实说，刘并不知道这些人的来路，不知道他们中有的进过局子，有的辍学在家，有的已经二十多岁。就这样，名校的优等生和暴力的成年人、无法无天的学弟和点头哈腰的学长，在城市的角落里混在一起。

一天，刘独自在球馆打球，无意间喝了关海妈妈生前送给关海的礼物——一瓶洋酒。他们几个得知此事后都气坏了，关海躲在夏复兴身后，陌生而怨恨地看着刘。

“兄弟们，我之前不知道。”刘满头大汗地解释，夏复兴不接受。

“喝了酒，就得赔。”夏复兴说。

“行，几百？我赔，真是对不起了。”

“这酒是我弟兄的妈妈给他买的，亲情是几百块钱就能买的？你就这么要脸？”夏复兴很惊讶地说。

刘的心一沉，看来要赔上千了。不行，他怎么能自掏腰包？

当天晚上他查了查台球室的监控。这时候，他发现了一个人——那个疯婆子。她几天前来过这里，毕竟这里离她学校挺近的。监控里，她仿佛是在等人，百无聊赖地来回走着，然后到柜子边站了一会儿，看到里面有瓶酒就拿出来看了看，最后顺手放在了柜台上。

“就是她！”刘咬牙切齿地低声说，“如果不是她把酒拿出来，我怎么能喝？就这样，所有事都怪她，但这还不够。”

这还远远不够。刘笑了。

后来她听说曾经的好友在这里待过，她还挺开心。

就在离开台球室几天后，她突然接到刘打来的微信语音电话。她很激动，心脏怦怦直跳，她高兴地接了电话。要说她什么时候原谅了她的好哥们，可能就是在她接到刘的电话那一瞬间，她心里的所有气都烟消云散了。不过，老实说，她从没真正意义上怪过他们，毕竟男孩是那么高尚的生物，豪爽、直来直去、有男子气概，她被这么对待，只能说她还不配和他们做朋友。

“嘿，最近怎么样？”

“挺好的，怎么想起来给我打电话了？想你的兄弟我了？”她有点紧张地说。

“啊，是的。对了，你现在住在哪儿啊？”

“怎么了，问我住址干什么？”她内心狂喜。要地址除了是为寄礼物和登门拜访，没有别的可能，她终于被他们接受了！她甚至想捂着听筒欢呼一声。

“你别管了，你不是快要过生日了吗？”

“并不是啊，我今年的生日已经过完了呀。”她有点疑惑地说。

“啊，好吧……那……那……那就是给你补迟到的生日礼物，你看这样行吗？”

“好啊，谢谢你了，太谢谢你了！”她掩饰不住自己的欣喜，跟刘道谢。

他们以前从来没记住过她的生日。虽然她一直自豪地把他们三个人的生日都写在日记本封面上，并且每年换着花样送给他们画，有时候是素描，有时候是油画，有时候是水彩，有时候是板绘。但他们从没送过她什么。算了，毕竟他们是男孩，男孩可不是这样表达感情的？

但是刘送她东西，她还是开心的。

“把你的电话号码发给我。”

“好。”

于是她把电话号码用微信发给了刘。但她一直没有等来礼物。

几天后，她开始收到各种陌生人加好友的通知，她同意了。

这些陌生人不断给她发信息。

“就是你动的酒，你得埋单。你还偷东西，拿走了可怜的关海的药，你还是人吗？这个事已经没那么简单了。”

“我们这边有你所有的资料，你自己看着办，我们什么事都干得出来。”

她在原地呆愣许久，全身就像被钉入地里的木桩，丝毫动弹不得。她仿佛再次回到被烫伤的那个晚上，那永远无法逃脱的过去疯了一样笼罩了她，绑架了她。过了许久，她突然瘫软在床边。

浑身冷汗的她想起来了——那个台球室。她确实把一瓶酒拿了出来，但是从没偷过里面的任何东西，更别提药了。他们是怎么有她的微信号的？这种社会上的人怎么可能拥有她的信息？

是刘！他在那里待过啊！

大脑给她的答案令她毛骨悚然，她沉默着想起，就在前几天，她还跟刘有过一次愉快的交谈。刘还要给她买礼物，还问了她的地址和电话号码……答案呼之欲出。

她觉得喉咙干涩，舌头像块石头，沉得动弹不得。

“不可能吧。”她无力地对自己说，但是她心里明镜般地清楚。

“为什么？！”她声嘶力竭地狂吼，“到底为什么？！早跟我说我不是你们的朋友，我就不会烦你们了！我宁愿忍受那该死的孤独！我是犯了什么罪，让你们肆意地欺负？”

愚蠢的女孩这才清醒过来——她没有偷任何东西，也就是说，刘不仅把酒的事嫁祸在她头上，还诬陷她偷了东西，他是要毁了她。

她赔不了他们那么多钱，她已经做好了一切准备。她只是觉得自己太好笑了。她每天夜里并不为有人要报复她而担惊受怕，却为脑海里那永不停息的嘲笑声无眠。

后来那些人找上门来，刘自然跟在后面。刘表现得就像从不认识她一样，用那罪恶的无辜眼神看着她。

她始终懵懂。

她从未离开过孤独半步。

六

刘头痛欲裂。经历了第一轮残忍的游戏，他决定不再沉默下去。就在刚刚，他已经构想了几百种出逃的方式，只要他们三个能联手，就有很大概率成功。

“嘿。”他小声叫另外两位。

“我想，你们都知道幕后黑手是谁了，是那个疯婆子。”

受伤的两个兄弟沉默地点点头。

“她没什么道道，我告诉你们。她以为，她弄个密室，拿废品把咱们一绑，吓唬咱们干这干那，她就得逞了？没门。”兴奋的血液冲上刘的脸颊，他的眼里闪耀着希望和邪恶的光彩。

另外两人想了想，觉得刘说得有理。李成江点点头，把身子坐直。王寒充满兴致地握紧拳头，像被保健品促销骗了的老年人。

“她只有一个人，我们却有三个人——三个无法阻挡的男子汉。”他说。

李成江露出虚弱的笑容：“没有攻不破的密室，我们总是能找到地方出去的。猪猪不用担心，跟着我们两个绝对行。”

王寒狠狠地点点头，说：“没错，我保护你们，咱们绝对能打败那个疯子。”

这时候，透过头顶的天花板，从更远、更高的地方传来笑声，那笑声里充满怜悯和恶毒。

这里还有别人？

刘的喉咙发紧，身体控制不住地痉挛，他强迫自己睁大眼睛。那声音让他想起老鼠。三个人面面相觑，他们僵硬地转动头颅。

沙发纽扣的位置、落皮的墙里、桌子的空里，好像有很多双有血有肉的眼睛，转动着，窥视着，却不发一言。

刘知道那准确落下的菜刀、逐渐收紧的铁丝不是幽灵的作为。

音响里再度传来声音："接下来是第二轮游戏——谎言游戏。"

"请拿出盒子里第二部分的卡片。你们每人手里有四张卡片，卡片上所写之事有真有假，但是你们可以推理出来。你们每个人都是塔罗牌里的一个角色。记住，公主从不撒谎，战车只有一件事是假的，教皇只有一件事是真的，恶魔所有事都是假的。如果能正确推理出每个人的角色，你们就没事了。我先来，请听好。

"第一张，李成江没有结婚。第二张，音响后面有一张告诉你们怎么逃出去的纸。第三张，刘曾经故意让王寒当替罪羊。第四张，我是你们的好朋友。"

他们默默把这四件事记下来。被说出真相的人内心很慌张。

"刘，接下来是你，请念吧。"

刘照做，他开始念："第一张，李成江很爱杨黛绿。第二张，音响里有让我们逃出去的方法。第三张，她的腿没有瘸。第四张，我现在事业有成。"

刘放下卡片。

"李成江，你是下一个。"

李成江深深吸了口气，然后拿起卡片。

"第一张，王寒的孩子上大学了。第二张，一部可以报警的电话就在我坐的沙发间隙里。第三张，刘和杨黛绿曾经偷偷在操场上接吻。第四张，我喜欢男人。"

李成江放下卡片。

“王寒，该你了。”

王寒用左手拿起卡片。

“我从不说真话。我的父母不关爱我。李成江曾说我是最可悲的人。我的右手受伤了。”

王寒的话音落下，他们三个全部说完，陷入短暂的沉默，房间里只有心跳声。

“我留给你们一个小时的时间讨论，如果回答错误或者没有得出结果，我会告诉你们正确答案。当然，如果你们其中一人在此之前自杀，那你们自然也就不用知道真相了。祝你们好运，好哥们！”

音响又没有了声音，屏幕上显示出她说的四句话。

刘抿了抿嘴，努力让两个同伴平静下来。

“我们一张一张来说。先从她的四句话开始。没事，这种推理游戏很简单的。”

“我希望她说你故意让我当替罪羊的事是假的。”王寒没有回应刘的话，直勾勾地盯着他的眼睛说。

“我觉得有很多事大家都不希望是真的。”李成江擦掉额头上的汗，声音颤抖着说。

“无论如何，我们必须推理出来，否则我们就死定了。兄弟们，我相信大家都是清白的。开始吧，这是为了大家共同的生死存亡。”

刘一说这句话，三个人都尽量表现得正常，谁都不想表现得好像里面某句看似荒谬的关于他们的话是真的，这是为了大家的生死存亡，这是表现义气的最佳时刻，谁都不想被看扁。

“首先，李成江没结婚，这肯定是假的，他举行婚礼的时候我们都在场。”刘说。其余两人点点头。

“下一张，音响后面有让我们逃出去的纸。王寒离那里近。你快看看。”

王寒伸手去找，其余两人眼里充满希望。结果王寒摇摇头。

“看来这个也是假的。还有下一张，这个等会儿再说吧。”刘说道，王寒还是看着刘。

“最后一张，她肯定不是我们的好朋友。”李成江咬牙切齿地插嘴，仿佛这是他最后的优越感所在。王寒笑了，气氛变得轻松了些。

“你说得对。所以，现在她有三张确认是假，另外一张待定。”

他们开始研究刘的卡片。

“李成江很爱杨黛绿，这还用问吗？真。”王寒说，但刘摇摇头。

“这种事太主观了，除了李成江自己，没人知道他是不是真的爱杨黛绿，所以这张应该待定。”刘坚定地说，同时看向李成江的目光多了一丝轻蔑。

“音响里有让我们逃出去的方法，待定。”王寒说。

“她的腿没瘸，还是待定。”李成江泄气地说。

刘想了想，小声说：“她瘸了，我知道。”

其余两人都有点惊讶，但没显示出过多的关心。

“我现在事业有成，假的。”刘自己说，然后叹了口气。

他的卡片线索不少，其中一张是确定的，一张是假的。

该看李成江的卡片了。

“王寒的孩子上大学了，这是真的。一部电话藏在我的沙发间隙里……”

“这个简单，你快摸摸看。”刘催促他。

李成江把手伸进沙发间隙，掏了掏，沉思良久，他把手拿了出来，然后摇摇头。

“好吧，又一个假的。”

“下一张，刘和杨黛绿曾在操场接吻。”

刘有点慌张，催促李成江说下一个，但是没人听他的。

李成江看起来有点崩溃：“你必须告诉我这事有没有发生过，你心里一定明镜似的。”

王寒难以置信地看着刘，没敢说话，他本来以为这条消息绝对是假的。

刘沉默了很长时间，最后终于说了出来：“有是有，但是她主动的。”

李成江浑身僵了将近一分钟，这对于其余两人来说无疑比一辈子还长。然后，李成江瘦弱的身躯才突然在铁丝的束缚下剧烈扭动起来，他的手猛地拍着桌子，继而抬起来努力朝刘的脖子伸去，他干涩的喉咙咆哮着，像被铁链拴住的恶犬。

“你怎么能这样对我？！我以为你哄杨黛绿开心是为了我？！”

他挣扎着大吼。

刘往旁边躲，眼里充满了恐惧和气愤："你对杨黛绿的感情谁都清楚，希望你内心更清楚。"

王寒吓呆了，他结结巴巴地说："别打了……别打了，咱们还有正事呢，这些……你们以后再算账，算我求你们了。"

另外两人的情绪缓和了一些，王寒让大家继续解迷。

刘沉默着点点头，手疾眼快地躲过李成江的恶毒抓咬，把最后一张卡片拿过来。

"我喜欢男人。"他一字一顿地念出上面的文字。

这时，李成江突然疲软下来，温顺而木讷地坐回沙发上，他的鼻孔不自信地翕动着。

七

"我知道你现在是不会说的，但是早晚会真相大白，李成江，你躲不过的。"刘仿佛再次有了信心，在电灯的白炽光中凑近李成江的脸，咬着牙说。

李成江向后缩去，不服气地粗声喘息，眼神飞速闪烁。王寒和刘开始研究王寒的卡片。

李成江努力平复自己的心情，再次捡起他不堪一击、千疮百孔的优越感。他没事了，他想。他摸着沙发间隙里那个硬而冰凉的东西，努力把它向坐垫更深处掖去。

“王寒，我发现你这个简单很多。”刘拍了拍王寒的背，脸上堆满笑容，温和地朝他看去。但王寒高兴不起来。

“你的父母不爱你，我们知道。你的右手受伤了，确凿无疑。还有最后两个，如果李成江说你的事是真的，那你的身份就可以确定了。”刘说，然后用无辜的眼神看着李成江。

李成江双眼无神，说道：“这有什么？我当然说了，还说了不止一遍。”他突然不合时宜地笑起来，笑声像经久失修的铁门转动时发出的声响，令人背后发凉。

在那一瞬间，王寒的眼里露出了太多和他的身材所不符的绝望和脆弱。

“你怎么可以这么说……”他肥厚的嘴唇颤抖着。他倒是希望李成江能够否认，就算他们永远得不出答案被杀死也好。

李成江突然把头转向王寒，并直视着他。但王寒的目光仿佛越过了李成江。

李成江一字一顿地说：“王寒，你的生活还有什么是不可悲的吗？”然后他咧开嘴，露出满口黄而苍老的牙。

刘也沉默了。过了很长时间，王寒才真正确认且相信自己所听到的。

“真是谢谢你告诉我，优等生。”王寒呆呆地说，眼神逐渐冷硬起来。

刘看起来很满意，他沉默着捏了捏王寒的手，用男人的方式安慰王寒。

“好消息是我们现在至少确定了王寒的身份。他只有一句话是假的，那就是第一句。你是战车。我们已经猜出来一个了。”

王寒强迫自己高兴起来，笨拙地用左手和刘击掌。

“你们知道吗，现在说出来其实也没什么，我不爱杨黛绿，一点都不爱。以前我还有顾虑，现在既然我已经知道她那么早就跟我的好兄弟偷情了，那也没什么。”李成江瘫在沙发上说。刘和王寒从来没想过一个人可以这样苍老。

其余两人沉默，都没搭理他。

“既然我已经坦诚了，你也必须对王寒坦诚。”李成江坐起来，用接近疯癫的眼神看着刘。王寒的笑容僵住了。

“你要是不说，我们都得死。告诉大家，你到底有没有故意让王寒替你顶罪？”

刘仍然保持沉默，沉默使他有安全感，但他知道他必须说。

“没什么大不了的，我从来都没错。”他想。他已经有充足的心理准备面对王寒愚蠢的愤怒，这和斗牛的原理差不多，而且他很自信，在这种形势下，除了她有权利杀了他，其他人——王寒、李成江——都绝对没门。

“是的，那又怎样？这些事都过去了。”刘眼神躲闪。

王寒冷笑一声，说：“过去了？我因为这件事而被记过处分，永远沦为老师和同学眼中的蠢蛋。在无数个夜晚的噩梦中，我还不断地告诉自己，哥们是不会出卖我的。这一切的一切，就是为了你干的蠢事埋单，现在你说它过去了？”王寒反应激烈，双眼睁大。

刘的拳头重重地砸在小茶几上。

“我说过去了就是过去了，你听懂了吗？”刘再也控制不了自己的脾气，长时间的恐吓带给他的精神刺激让他再也无法忍受，在这一刻爆发了出来，他冲王寒大吼，仿佛在训斥一条狗。

王寒张张嘴，欲言又止。

“你们给我听好了，无论我做过什么，都没损害过我自己的利益，所以我不在乎。但这是好事，因为我是清醒的，只有我能带你们两个逃出去。快点，现在给我解开该死的谜题。”他压低声音，但他的话听起来火药味十足，他的反社会人格已经完全释放了。

“这样看来，那个人说的有三件事是假的，只有一件是真的，她是教皇。”刘没有感情地说，“那么接下来……”

这时候，王寒突然惊叫一声，刘迅速回过头去。

李成江正试图把铁丝插进自己的手腕，但是插歪了，捅到了大腿上，嘴里发出神志不清的咕噜声。

刘的大脑一片空白，他立刻打掉李成江手里的铁丝，紧紧地抓着他的手，难以置信地冲他吼：“我的老天……你要干什么？！”

“我要自杀，我警告你，别拦着我，下辈子见吧！”

王寒和刘互相看了一眼。刘继续质问李成江：“你为什么要自杀？你害怕公布真相？还有什么关于你的真相？”

李成江看着刘，过了很久才突然大声地哭起来，脆弱的像个三岁小孩。他剧烈地咳嗽着，咳嗽间夹杂着哀鸣，很是可怜。他一直呜咽着摇头，但就是不说话。

刘迅速查看每个人的卡片，看到其中一张的时候，他停住了。他缓缓抬起头来，注视着李成江。李成江挣扎得更猛烈了，哭得更凄惨了，仿佛他们无声的注视就是对他最残忍的折磨。

“承认吧，没什么好藏的了。”王寒说，然后露出一个厌恶的表情。

李成江继续大哭，但是其余两人已经得出答案。

“我们逃出去吧，求求你们了，别再中招了！继续下去对我们都没好处！”曾经最理性、物化竞赛的佼佼者李成江大声哀求着。

其余两人不约而同地转过头来，用怪异、空洞的眼神看着他。

“你们还不明白吗？她不是一个人。所有恨我们的人都已不知道通过什么途径团结起来，我们不知道她的情况，更不知道有多少人，我们完了。”

“我不会和你们任何一个团结的。”王寒说。

“行了，答案已经得出来了，她是教皇，王寒是战车，李成江是公主，我是恶魔。”刘说。

音响发出了声音：“恭喜，你们都答对了。”

三个人各自坐着，李成江的大腿还在流血，他一直在抽泣。

刘感觉呼吸困难。王寒悲哀地交叠着浮肿的手指。他们没再多说一句。

音响再度发出声音。

三个人的目光中再也没有热切碰撞的欲望，他们各自守着自己残缺不全的身体和灵魂。他们在这个世界上——这个连他们自己都不知道是哪儿的角落——被操控着，聆听可笑的旨意。

“最后一个游戏，请你们拿出盒子里最后一组牌，找到属于自己的那一张。”

他们一声不吭地照做，人类的驯服来得比想得快。

“杀死你们卡片上的恶人。”

刘从落灰的纸盒里拿出属于他的那张牌，像拿出自杀用的左轮手枪。他的手不由自主地颤抖着，迟钝地翻过苍白的纸卡。他身体的各个部位如群龙无首一般，只带来坏消息的大脑已经失去了身体的信任，他的脚趾、小腹、心脏和肺都在以自己的方式惶恐着。卡片的正面是一幅画工精美的画像，上面的人凶神恶煞，张牙舞爪。那张脸他极为熟悉，那是王寒。卡片的反面写着两个字——王寒。

大脑对危机的意识来得比身体早，刘这才后知后觉地昂起头来。他的目光对上王寒的目光，布满血丝的眼睛早已瞪了他很久。两个人四目相对，那是不含任何暗示和情绪的对视，是野兽的对视，是没有意识的对视，里面没有过去、现在和未来，那是一扇已经焊死的灵魂的逃生门，只剩下疯狂、荒诞的黑白和如寄生虫一样的血丝。

“站起来，快跑！”刘在心里大声呐喊。

这时，他们三个腿上的束缚已经松开，属于她的赛马比赛已经打响。刘不敢反抗大脑的旨意，使尽全身力量向前冲撞，但他用力过猛，跌倒在地上，然后他如旋风一般爬起来继续逃。

这时候李成江已经拔出沙发里的铁丝，用沾满干涸血迹的一头指向他，然后尖叫着向他扑来。而王寒紧随其后，追赶、扑杀李成江。可惜李成江的腿受伤多次，他没走几步就跌倒了，被王寒追上了。

刘只知道自己不想杀王寒。王寒没损害过他的利益，他现在的生活不拜任何人所赐，除了他自己，谁都蒙不了他。他才不会为了这些陈芝麻烂谷子的事背上杀人犯的罪名，而且参与这场混战的唯一下场就是一起死。王寒身强体壮，即使一只手受伤，他也绝不是王寒的对手。他不能死，他可悲可笑的生活不能马上结束。仔细想想，其实他死了反而会对他周遭的所有人都有好处：媳妇可以改嫁给某个早就串通已久的壮实情人，儿子不用天天闻他烂醉之后的口臭，害怕他报复的老板可以把心放回肚子里。造福别人，正是他决不允许发生的。他要逃出去。在李成江和王寒成为愚蠢的牺牲品之后，他要逃出去，活下去，让自己天才而混账的大脑继续转动，然后可以精明而无赖地继续存在，直到几十年后在无人问津的养老院里被饭噎死。

王寒已经把李成江摁倒在地，拿着凶器的手胡乱挥舞着，嘴上则“咿咿呀呀”地叫喊，口水和泪水一并滚下他的肥脸，滴在不断挣扎的李成江身上。

趁着他们纠缠的时间，刘滑到李成江座位旁，他一抓一个准，把报警用的电话拿出来，并抱起音响，瞅准身后的一道门，飞速逃脱。

原来他们三个还在那座荒凉而优雅的宅邸里，黑暗的密室外是一个宽敞的舞厅，扑面而来的是宫廷的香水味和木质吧台的气味，这对刘来说仿佛是仙气。正值午夜，水晶灯在黑暗中沉默着。大理石地板很滑，刘并不能跑得很快，但这是他距离自由最近的一次。他一边努力防止脚下打滑，一边抱紧两样救命的东西向前跑去。

刘听到身后的脚步声。原来是王寒追了上来。他浑身是血，已经完全失去了理智，不知道他是来杀人的还是别人在追杀他。但刘绝不会停下来让对方追上。

王寒跑得越快，刘就越要保持冷静，他感觉王寒腥臭的手就要够到自己了，自己要完了。

刘突然停下来，转过身来，面对扑过来的王寒。就在王寒抵达他面前的前一刻，他往旁边猛地一躲，伸出右脚，不高不低，正好挡在王寒的小腿上。王寒像一个怪物一样缓缓飞了出去，落到地板上，发出很有质感的闷响，并滑出去一段距离。他疼痛地嘟囔着。

刘的大脑疯狂运转，眼珠像雷达一样敏锐搜寻，他抬头看到王寒正上方的用绳子吊着的水晶灯。他不知道这样做能不能行，但是他决定一试。于是，他拿起旁边桌上的红酒瓶，砸向地面，瓶子瞬间碎裂。他拿起瓶子的碎片跑向吊着水晶灯绳的挂钩，然后用力划向绳子。很幸运，绳子即刻断裂，水晶灯晃了一下。绳子飞速松开，抽离挂钩，水晶灯掉落在王寒身上。

刘不想因杀了王寒而去坐牢，但他不得不这么做。他没敢回头看，只是没命地向前跑去。

“我成功了。”他一边上气不接下气地喘息，一边默默地想。他忍不住，激动万分。他逃到楼梯间蹲下，手颤颤巍巍地拨打电话报警。他问了智能音响这里的地址，然后转述给警察。警察说会立刻出动。

如劫后余生般，刘疲惫地走下楼梯，身体异常沉重。楼梯间安静而昏暗，仿佛被整个世界抛弃。午夜，人最容易走丢。

刘走了几步，突然跌坐在地上，把头埋进肘弯，努力呼吸着，胸口剧烈的起伏逐渐平息下来。然后他开始笑。

王寒死了，替罪羊死了；李成江死了，杨黛绿三心二意的老公死了。这将带给他一份平静、一位寡妇。

这么多年，这荒诞的兄弟情终于结束了。还有，他终于摆脱了那个燃烧着复仇烈火的女人。现在他活下来了，他赢了，等他被救下了，等其他两位的家属知道他们的死亡消息后开始哭天抢地，他就去王寒的老父亲家，告诉王寒的父亲他已经尽力了。然后他要告诉王寒的父亲，王寒是个多么差劲的人，所以不用太伤心。然后他会去杨黛绿家，他不会跟她啰唆什么，他会直接吻她刻薄却迷人的嘴唇，对她肆无忌惮地上下其手，把以前不敢做的事都做一遍。他要守着遗像，告诉李成江谁才是老大。他要继续生活。当然，他还要哄好老婆，不让她知道杨黛绿的事情，让那个寡妇在他照顾家庭的时间里尽情地哭去吧。

当然，还有她。她不可能得逞的。她永远在骚动，永远在杀人心智，但她杀死两个蠢蛋的毒药剂量对他来说，不过如一只蝎子尾巴一样而已。她不要妄想杀死伟大的他，因为在他的词典里，没有“信任”二字，更没有“道义”二字，这些品质的存在只会阻碍他的道路。

这时，楼上传来脚步声。

刘屏住呼吸，思路一下子就被掐死了，他这才意识到自己还没逃离如笼中老鼠一般的命运。

八

那声音离刘越来越近，一瘸一拐的，左左右右总是漏掉几拍，不是脚掌完整落地发出的声响，更不像人的声音，倒像某种变异的怪物在走路。

此时，通往自由的大门沉重地关上了。

一句脏话脱口而出，刘死死地抱住头，揪起头发。为什么会这样？他呆愣地待在原地，仍然一动不动，他已经被折磨太久了。

然后她露面了。

一条假肢伸出钢铁利爪，畸形而诡异地敲击着地面，反射着午夜绝望的光。漂亮却早早失去用处和价值的脸蛋像雕塑一样，化作宽阔的阴影投下来，显得身影更加高大。

刘向后退去，靠在墙角，恐惧地看着她。

“走开，你杀了我就有用？我告诉你，警察会抓住你的，人间自有正义。”他说。

“你跟我说正义？”她的假肢向前探了一步。

“你走开！放了我！没人跟你是朋友！你这个死女人。”他转过头去，浑身没有一点力气。他闭着眼睛咆哮，嗓子都破音了，甚至带着哭腔。

她的假肢猛地踩向他的右臂，他开始哭号。

“是你把我们变成这样的。不仅仅是我，还有李成江、王寒，他们用他们的人生献祭了你的恶。他们的死都是拜你所赐。”她说，声音里还带着年轻女孩单纯而天真的愤怒。

刘疼吐了，他把刚刚喝过的美味迷药像消防水枪一样吐了出来。他的整个胳膊都要断了。

“我们都想你，孩子王，我们都想你。

“我们想被你毁了的无数节自习课，想被你搞砸的每一届合唱节，想被你气哭的女物理老师。

“我们还想你的恶，你最自豪的恶。但你一点也不恶，你就是被忌妒、仇恨、无知、自私填满了，其实你很懦弱。”

她终于慈悲地把脚抬了起来，钢刀的抽离让刘的痛苦更上一层。刘躺在地上痛哭流涕，泪水和血水混在一起，胳膊上的洞口像一孔血色泉眼。

他突然大吼一声，抓起身边的手机，用尽全力砸到她的脸上，正中她的眼睛。她捂着眼睛向后退去。刘再次艰难地站了起来，他没想到自己还有爆发的力气，他一边大哭，一边向楼上跑去。

她仍在追赶，速度并不快，不规则的脚步声以令人害怕的节奏前进着。她并不快，但是不可阻挡。

刘精疲力竭，眼皮仿佛千斤般重，这时她已经离他很近。

突然，那只尖利的刀刃脚伸过栏杆，迅速向他的膝盖处切来。他反应很快，把脚抬了起来，就在这时，一道冷光一闪而过，如果他再慢点，它会像切黄油一样，切断他的膝盖。

他按着栏杆，瞄准时机，飞起一脚踢在她的脸上，像踢沙袋一样，包裹着温热皮肉的头骨歪向一边。她哀号一声，发出少女般苦闷的声音，和青春期为青春痘发狂的抱怨声并无大异。

但这并没有为刘争取到多长时间。她灵活地操纵着假肢，再次迅速支撑起她的身体，她继续像捕食猎物的蜘蛛向刘逼近。他真的没有力气了，他要虚脱了。他转过身来，决定不再向上跑，该死的楼梯。

一直跑的话，他赢的概率不大。他等待着她，像等待舞伴的绅士，直到她弓着背，像个怪物一样面对着他，假肢的敲击恐吓着他，闪亮的光越过压下来的眉毛盯着他。他要邀请她跳一支舞。没错，他要邀请这个疯子跳一支舞。

他纵身一跃，张大扭曲的嘴，把这个连他自己都支撑不住的沉重身体向她砸去，正好落在她身上。她应声倒下，脖子砸在墙上，“嘎嘣”一声，一根钢刀被压得断开，旋转着飞舞出去，削掉一块墙皮，然后掉了下来。

刘降落在她柔软的身体上，发现自己并没有跟她同归于尽。于是他忍受着巨大的疼痛，用胳膊肘顶着她的乳房，用脚蹬着她的小腹，挣扎着要起来，仿佛她只不过是个消防救生垫。她嘟囔了一声，他又打了她一拳，用手指扒开她的口腔，摁住她的头，不堪重负地休息了一会儿。他的每个毛孔都像成千上万个婴幼儿吮吸的小嘴，艰难而用力地吸入空气。

他知道自己不能杀人，就算是她，他也不能杀，王寒的死可以算作意外，他决不坐牢。他的大脑四处游说半死不活的肢体，最终生起最后一股生的欲望，然后他从她的身上滚下来。他手脚并用，连滚带爬，向更高处前进。他推开门，到了天台。

亲吻他、欢迎他的星点亮光并非来自热闹而文明的城市，而是来自孤独的北斗星。离宅邸很远的地方，越过大片的麦田，传来模糊的狗吠，村舍的鸡开始醒来。空气中仅有行尸走肉般植物的气味，除此之外，空无一人。

刘跌跌撞撞地向天台边缘靠近，然后转过身，拿起瓦片，摔成锋利的匕首，准备最后一战。

她没死，但是显然已经受了重创，脑袋以怪异的角度耷拉在一边的肩膀上，她走上天台。

刘浑身是血，一条被捅得血肉模糊的胳膊无力地垂着，显出最后的倔强。他努力使自己站稳，可惜不行，他像个被疼痛疼醉的醉汉。

她流下眼泪，闭紧嘴唇，每向前走一步都显出无尽的荒败，仿佛即将被荒败腐蚀。她那美丽的躯体、那没人珍惜的灵魂像被浇了硫酸的康乃馨，继续破洞、脱水，支撑着她走向这一切的始作俑者。

“刘，你猜错了，我不想杀死你们。”

“别放屁了。”

“这都是你们自作自受。我想救你们。”

“救？你可真是个圣人，我们以前都那样对你了，装什么呢？”

“我真的很生气，你欠我个道歉，真的，这就是我所有的要求。”

“没门儿，要杀要剐，你快点吧。”

“放自己一条生路吧。”说完，她抬起她如蜘蛛一样、闪着寒光的假肢。

这时，楼下响起警笛声，从楼梯间传来杂乱的脚步声。

按理说，警察找到这里还需要一点时间。她正在逼近，照她的速度，完全可以上去将钢刀捅进他的胸膛。但她停下了。

她停止了前进的趋势，她好像从心底明白自己该以怎样的方式结束、她的故事会在哪里停止，她的人生，除了单纯，不会再画蛇添足地为她多写一个字。她笑了，还是那样稚气，那痛苦不堪的曾经、无尽愤怒的咆哮和质问，都已经在这平静的眼神中注射给了刘。她的眼神里带着太多东西，像一位梦中的心理医师的等待，又像一位已经亡故的母亲对儿子的慈爱、一位将死的囚犯悲哀的善。她的结局早就在她全心全意奉献给友谊的青春时代决定了，被“人之初，性本恶”的理论决定了。

警察上来了，迅速控制住她。楼上楼下全是警察，有讲对讲机的、有汇报工作的、有指挥现场的，场面非常混乱。救护车已经抵达，某处的两具尸体被运了出来，放在担架上，不过是两坨僵硬的烂肉。两个刑警在好奇地查看他们曾经的游戏卡片。在警车蓝色、红色的灯光中，东方的光芒逐渐苏醒，寒冷的黎明已经到来。

村民、中华田园犬……芸芸众生快要迷迷糊糊地起床，开启他们一无所知的一天。

刘现在彻底没事了，他可以回家过完他的一生了。

他呆呆地放下瓦片，转过身去，走到天空和地狱的最边缘，凝视着深渊，深渊也在看他。

深渊的眼神里有他从未见过的温柔、从未见过的通透，像琉璃涌动的旋涡。

他和深渊从未谋面，但却一见如故。把脚伸出去，他，选择拥抱深渊。